Kay Bex

Y2K
Der Jahrtausendcrash

Roman

AF208506

Bex, Kay:
Y2K - Der Jahrtausendcrash
ISBN 3-89811-113-X

Umschlaggestaltung: Carsten Dörr

© Kay Bex, Berlin - Prnted in Germany

Druck: Libri Books on Demand, Norderstedt

Prolog

8. September 1999

Maria dreht sich schlaftrunken um und versucht den nervenden Wecker, der gerade mal 4.30 Uhr anzeigt zur Ruhe zu bringen. Nur noch zehn Minuten, denkt sie und dreht sich wieder zur Wand, die Decke weit über den Kopf gezogen. „Ach, dann dusch ich mich heute eben nicht – eine Katzenwäsche tut`s doch auch. Als ob es irgendjemanden im Krankenhaus auffallen würde, bei all dem Desinfektionsgestank." Schnell kuschelt sie sich in die Bettdecke und ignoriert das laute Brummen der Waschmaschine, das aus dem Badezimmer zu hören ist. Die Wäsche hatte sie ganz vergessen, die muss natürlich noch aufgehängt werden. Eigentlich ist die Wohnung ja sehr schön: zwei große und ein kleines Zimmer. Alle mit großen Fenstern. Leider ist es ein bisschen dunkel und feucht, vor allem im Winter, wenn es ständig regnet. Und trotz dieser kleinen Schönheitsfehler hatte sie diese Souterrain-Wohnung richtig gemütlich gestrichen und eingerichtet. Aber am allerschönsten ist die Lage. Hier in Friedenau ist es einfach viel ruhiger und grüner als im schmuddeligen Kreuzberg. Der Botanische Garten ist gleich um die Ecke. Alles ist viel gepflegter und sauberer. Und überhaupt, sie wollte einfach nicht mehr direkt in der Nähe der Arbeit wohnen. Tja, und deshalb muss die Wäsche unbedingt noch aufgehängt werden, sonst dauert es wieder ewig bis alles trocken ist. Morgen muss Lena mal wieder eine saubere Hose zur Schule anziehen. Zum Glück ist Lena mit ihren 10 Jahren noch nicht in dem Alter, sich über Klamotten groß Gedanken zu machen. Das würde ihr noch fehlen: teure Markenklamotten für Teenies. Die Ansprüche der Kleinen sind schon groß genug. Sie wünscht sich zu Weihnachten einen neuen Computer!!! Mit ISDN-Anschluss und Internet-Zugang. Oder umgekehrt? Ach, wie auch immer. Soll sich doch Volker darum kümmern, der hat eh mehr Ahnung davon. Aber auf der anderen Seite wäre es auch blöde, wenn immer Volker Lenas Herzenswünsche erfüllt. Nein, manchmal hat Maria schon das Gefühl, zu sehr in Konkurrenz zu ihrem Ex-Ehemann zu geraten. Er hat es auch entschieden einfacher. Volker kauft die teuren Geschenke, geht alle paar Wochen mit Lena ins Kino, aber sonst? Vielleicht könnte der Opi aushelfen, oder es gibt eben keinen Urlaub über Silvester. Weihnachten hat sie im Krankenhaus eine Extraschicht, aber ein kurzer Trip ins Berliner Umland so für einen Tag, das müsste hinhauen.

Ein flüchtiger Blick auf den Wecker reißt Maria aus den müßigen Gedankenketten. Mist, schon 5.10 Uhr. Maria springt aus dem Bett, hechtet ins Bad, um die Wäsche aus der Maschine zu ziehen und auf den Wäscheständer zu schmeißen. Ein kurzer Blick in den Spiegel. Zum Glück hat sie lange, leicht lockige schwarze Haare. Einmal mit der Bürste drüber und fertig. Schminke ist überflüssig, also nur noch schnell die Zähne putzen. Danach in die Küche, um erst mal einen Kaffee zu trinken, dann ein Blick in den Kühlschrank und schnell den Frühstückstisch gedeckt. Mit dem Kaffee in der Hand schleicht sich Maria leise in Lenas Zimmer und betrachtet ihre schlafende Tochter. Lenas Haar ist leider nicht so schön tief schwarz, sondern eher von undefinierbarer blass-brauner Farbe. Darin ist sie voll nach Volker geschlagen, dafür hat sie Marias Stupsnase, runde Wangen und zwei ganz entzückende Grübchen. Ihr kleiner, etwas pummeliger Körper ist ganz unter der Bettdecke zusammengerollt. Ach, dieses Bett ist einfach traumhaft. Maria hatte mit ihrem Vater in den Sommerferien, als Lena mit Volker auf einer Kanutour in Schweden war, ein wunderschönes Dschungelbett gebaut. Am Kopfende wuchert ein Gewirr aus grünen Holzblätter, dazwischen lugt ein kleiner brauner Affe hervor. Neben dem Affen ist eine Liane und an dieser ist eine kleine Lichterkette befestigt. Auf der anderen Seite streift ein Tiger durch das Gebüsch und auch in seien Augen sind rote Lampen eingebaut. Maria knipst die Bettlichter an, damit Lena, wenn ihr Wecker sie um halb sieben aufwecken würde, vom sanften Licht des Dschungels umgeben ist.

Maria hat sich entschieden, nur in der Tagschicht im Krankenhaus in der Notaufnahme zu arbeiten, um so einen geregelten Tagesablauf zu haben. Außerdem kann sie so am Nachmittag zu Hause sein und sich um Lena kümmern. Allerdings ist es ihr oft unmöglich, pünktlich die Notaufnahme zu verlassen, dauernd kommt etwas dazwischen. Der Personalmangel im Altköllner Krankenhaus ist ziemlich extrem. Wenn Lena nicht so selbständig wäre, hätte sie wirklich ein Problem, aber so ist es durchaus machbar. Maria schreibt schnell eine kurze Nachricht und pinnt sie an die Holzverkleidung über dem Küchentisch. Hoffentlich vergisst Lena nicht wieder ihre Sportsachen und vor allem ihren Turnkurs, sonst ist sie schon vor drei Uhr zu Hause. Maria will doch heute endlich mal wieder nach der Schicht ins Fitnesscenter gehen.

Um kurz nach sechs saust Maria aus dem Haus und macht sich auf den Weg zum Krankenhaus.

20 Minuten später erreicht sie den Eingang der Notaufnahme des Altköllner-Krankenhauses. Oberschwester Agate ist schon auf der Station, so dass sie unbemerkt in den Dienstraum gelangt. Gerade als sie sich ihren Kittel überstreift, die Haarnadeln für ihre Hochsteckfrisur im Mund hat, kommen unter lautem Gekicher ihre Kolleginnen in den Raum gepoltert.

„Hi, Maria. Na, das war aber knapp, die Sesselzwergin ist heute schon früher auf Visite. Unser Schweigen kostet dich eine Runde Schwatzen."

6

Kerstins Stimme nimmt beim Sprechen einen verschwörerischen Ton an und um das Gesagte noch zu betonen, legt sie ihre Hand auf den Mund. Sie ist wie Maria schlank und fast einssiebzig groß, hat aber blonde Haare und entspricht ganz dem Idealbild einer typischen Krankenschwester. Genau wie Maria hat Kerstin ein loses Mundwerk und ist immer zu Späßen bereit.

Während Kerstin und Carolyn sich schon ihre Straßenkleidung anziehen, kämpft Maria noch mit ihrer Haube und murmelt mit den Haarklammern im Mund ein nur schlecht zu verstehendes: „Ach, ihr wisst doch, dass ich diesen Kick brauche – die Notaufnahme ist mir eh viel zu langweilig! Für euch Schnecken mag das ja Stress sein, aber für mich ..."

Maria grinst Kerstin breit an und zwinkert Carolyn zu. Carolyn ist viel stiller und ernster als die anderen und wirkt immer so, als ob sie sich ständig über irgendetwas den Kopf zerbricht. Auch heute liegt auf ihrem schmalen und mit Sommersprossen übersäten Gesicht ein bedrückter und grübelnder Ausdruck. Maria schlägt Carolyn die Haube vom Kopf, lacht und wünscht beiden einen schönen Feierabend, um dann, begleitet von gespielter Entrüstung und noch weiteren dummen Sprüchen, schnell auf den Flur und zur Station zu laufen.

* * *

„Oooh jeeh", seufzt Mishel. Selbst ohne Brille und somit ziemlich verschwommen, blickt sie aus dem Badezimmerspiegel eine blasse, dunkelblonde Frau mit Rändern unter den Augen und zerzausten schulterlangen Haaren an.

„Ich sollte früher ins Bett gehen und nicht bis in den frühen Morgen hinein am Computer sitzen", murmelt

7

sie vor sich hin und setzt sich beim Hinausgehen die Brille auf.

Gerade als sie die Tasse mit dem wohlduftenden Kaffee an die Lippen setzen will, klingelt das Telefon.

„Mishel van Dyck", sagt sie müde und vernimmt bereits das typische Rauschen einer Funkverbindung.

„Hi, ich bin's", klingt es fröhlich von der anderen Seite.

„Morgen Paul. Wo bist du? Die Verbindung ist total miserabel." Sie nippt an dem heißen Kaffee.

„Ich bin im Auto und gerade auf dem Weg von der Werkstatt zum Drehort. Sag bloß, du bist jetzt erst aufgestanden? Es ist bereits halb eins!"

„Danke für den Hinweis. Wäre ich ohne dich gar nicht drauf gekommen. Ich habe bis um vier Uhr am Computer gesessen. Ich konnte unmöglich aufhören, es hat zu gut geklappt. Stell dir vor", beginnt sie mit nun wacher Stimme, „Kaiser Otto III. hat doch tatsächlich im Jahre 997 ..."

„Jaja", unterbricht Paul leicht gereizt, „ich habe wirklich nicht viel Zeit. Ich wollte nur Bescheid sagen, dass es heute Abend später wird. Das mit dem Kinofilm wird wohl nichts. Wir können ja ein anderes mal den Film sehen."

Mishel knallt die Kaffeetasse auf den Küchentisch: „Du weißt ganz genau, dass diese alten Filme nicht ständig laufen! Das stand doch schon seit zwei Wochen fest!" entgegnet sie vorwurfsvoll, „es ist immer dasselbe, immer kommt irgendetwas dazwischen. Wir hatten schon ewig keinen Abend mehr für uns! Immer haben deine blöden Filmkulissen Vorrang, und was mit uns ist, ist dir völlig egal!"

„Jetzt reg dich doch nicht so auf", versucht Paul zu beschwichtigen, „am 1. Oktober ist Drehbeginn und dann habe ich wieder mehr Zeit. Du müsstest doch langsam wissen, dass die letzten Wochen davor immer etwas hektisch sind. Außerdem ist der Film wirklich wichtig. Der Produktionsleiter ist supergut bekannt in Deutschland und hat sogar schon mehrere Sachen in den USA gemacht. Wenn wir jetzt gute Leistung bringen, sind wir drin und verdienen 'ne Menge Kohle."

„Jaja, du und hochtrabenden Pläne."

„Mishel, bitte", fleht Paul, „wenn das vorbei ist, fahren wir 'ne Woche weg, nur wir zwei, ja?!"

„Oh ja", spöttelt Mishel, „was für eine wunderbare Idee. Hat bei den letzten Malen ja auch immer hervorragend geklappt. Es hat auch noch nie eine Veränderung des Drehplanes gegeben, alles lief immer wie geplant und wir konnten jedes Mal pünktlich wegfahren. Glaubst du eigentlich noch selbst daran, was du sagst? Und davon mal abgesehen", fährt sie nun wütend fort, „wenn du dich auch nur ein klitzekleines bisschen dafür interessieren würdest, was ich mache, wüsstest du, dass ich Mitte November einen Termin bei meinem Prof habe. Wir werden nämlich die bisherigen Kapitel meiner Doktorarbeit besprechen und die Lehrveranstaltungen für das nächste Semester festlegen. Das heißt im Klartext – damit auch du es endlich verstehst – ich habe keine Zeit wegzufahren!"

„Ich weiß sehr wohl, was du machst!" widerspricht Paul nun auch wütend. „Dann eben nicht! Wir sehen uns heute Nacht! Tschö!"

Damit sind das Rauschen und seine Stimme aus dem Hörer verschwunden.

„Der Tag fängt ja toll an", denkt Mishel und legt, an ihrem Kaffee schlürfend, den Telefonhörer beiseite.

„Wie sind wir eigentlich dahingekommen? Was ist eigentlich schiefgelaufen?" überlegt Mishel, als sie kurze Zeit später unter der Dusche steht. Ja, sie waren schon sehr lange zusammen. Um genauer zu sein, seit der Schulzeit, kurz vor dem Abitur. Das waren jetzt schon 12 Jahre, kaum zu glauben. Vielleicht war das einfach etwas zu früh. Aber sie hatte sich nie vorstellen können, mit einem anderen Mann außer Paul zusammenzusein. Gegen diesen 1,85 m großen Mann, mit seinen kurzen dunkelbraunen Haaren und sanften braunen Augen in einem männlich-markanten Gesicht kam, einfach kein anderer an. Vor sechs Jahren hatten sie schließlich geheiratet.

Zunächst hatten sie beide eine Ausbildung gemacht: sie als Buchhändlerin und er als Tischler. Gemeinsam hatten sie dann beschlossen ihren badischen Heimatort zu verlassen, um in dieses großes, nun wiedervereinigte Berlin zu ziehen. Mishel begann Geschichte zu studieren, um ihrem Interesse an alten Büchern und historischen Fakten nachzugehen. Und Paul fing in einer Tischlerei an, die vorwiegend Kulissen für Fernseh- und Kinofilme herstellt.

„Vielleicht hat das Drama dort seinen Ursprung. Zu unterschiedliche Lebenswelten", grübelt Mishel während sie sich abtrocknet, „hm, aber vielleicht auch nicht."

Schließlich hatten sie doch wirklich eine schöne Zeit während ihres Studiums. Okay, viel gearbeitet hatte Paul schon immer, aber es bestand doch eine gewisse Regelmäßigkeit. Sie konnten zusammen in Urlaub fahren und ihrem gemeinsamen Faible an alten Kinofilmen nachgehen. Wie schön das war, diese langen Kinonächte an denen mehrere Filme, zum Beispiel mit Doris Day oder Marlon Brando, gezeigt wurden. Völlig übermüdet, aber glücklich waren sie dann in den frühen Morgenstunden mit dem Nachtbus nach Hause gefahren und hatten dann den ganzen Sonntag im Bett verbracht.

Bei diesen Erinnerungen lächelnd, greift Mishel die schwarze Leinenhose und das grün-gelb karierte Hemd aus dem Kleiderschrank. Auf dem Rückweg ins Bad bleibt sie im Flur kurz an der Fotocollage mit Bildern von ihrem Umzug in die jetzige Wohnung stehen. Was hatten sie vor fünf Jahren geschuftet, um die 3-Zimmer-Wohnung zu renovieren. Tagelang hatten sie gleich mehrere Lagen Tapeten abgerissen, Fensterrahmen und Türen abgeschliffen und gestrichen, die Dielen abgeschliffen und anschließend lackiert. Auch das Bad hatten sie neu gefliest und eine Dusche eingebaut. Tja, diese Wohnungen am Prenzlauer Berg waren wirklich häufig in einem fürchterlichen Zustand. Ein Foto zeigt Mishel und Paul Arm in Arm, wie sie mit Pinseln bewaffnet in die Kamera grinsen – es war mit Selbstauslöser aufgenommen. Sie waren voll weißer Farbflecken, weil sie während der öden Streicharbeiten die Fechtszenen aus „Die Vier Musketiere" mit ihren Pinseln nachgespielt hatten.

Erneut muss Mishel lächeln. Anstrengend waren die Renovierungsarbeiten, aber sie hatten auch viel Spaß. Und schließlich die Fotos der renovierten Wohnung. Wie wenig Möbel sie damals hatten. Wie sehr diese Bilder eine gemeinsame glückliche Zukunft ausdrükken. Sie waren sich damals einig gewesen, dass Arbeit nur dazu da ist, damit man genug Geld hat, um einigermaßen gut zu leben. Aber auffressen sollte sie einen nicht, damit noch genug Zeit füreinander bleibt. „Das dürfte sich wohl erledigt haben", bemerkt Mishel sarkastisch in Richtung Bilderrahmen, „wie so einiges anderes auch."

Zwar waren sie immer noch der Meinung, dass sie erst Kinder haben wollten, wenn sie sich beide beruflich orientiert hätten, aber die banaleren Übereinkünfte, zum Beispiel bezüglich der gemeinsamen Hausarbeit, waren längst aufgekündigt. Faktisch kümmert sich Mishel darum, weil Paul so gut wie nie Zeit hat (was sie insgeheim für eine faule Ausrede hält). Da sie jedoch die meiste Zeit zu Hause (und manchmal in der

11

Uni) arbeitet, will sie es schön gemütlich haben und nicht im Chaos und Dreck ersticken.

Mit der Wimperntusche in der Hand beugt sich Mishel weit über das Waschbecken dem Spiegel entgegen, da sie ohne Brille extrem kurzsichtig ist.

„Seit meinem Examen ist es so schwierig", flüstert sie blinzelnd ihrem Spiegelbild entgegen. Sie hatte sich sehr in ihre Magisterarbeit reingehängt und viel gearbeitet, um ein gutes Examen zu machen. Paul hatte sich in der Zeit liebevoll um sie gekümmert, ihre Hochs und Tiefs geduldig ertragen, aber eigentlich nie so richtig verstanden, warum sie sich deswegen so verrückt machte. Er fühlte sich wohl zurückgesetzt und ausgeschlossen, auch weil er sich nicht für das Thema interessierte.

„Dabei sind doch die Zustände am Hofe Kaiser Otto III. zur letzten Jahrtausendwende wirklich das Spannendste überhaupt", grinst Mishel ironisch. Leider war Paul danach auch nicht so richtig begeistert, als sie sich auf die Promotionsstelle an der Uni beworben hatte, um ihre Studien fortzuführen. Gefreut hatte er sich dann aber doch, als sie die Stelle bekommen hatte.

Nachdem sie die Brille wieder aufgesetzt hat, wirft sie einen prüfenden Blick in den Spiegel. Zufrieden mit ihrem Verschönerungswerk nimmt sie ihr schwarzes Leinenjackett vom Bügel und schlüpft in die mehrere Zentimeter hohen Sandalen.

„Eigentlich ein bisschen viel Aufwand, nur um einkaufen zu gehen", resümiert sie, während sie die Wohnung verlässt, „aber schließlich darf man sich nicht so hängen lassen, nur weil man viel zu Hause ist."

Mit zwei schweren Einkaufstaschen bepackt, entnimmt Mishel dem Briefkasten die üblichen Rechnungen und Werbesendungen für „VanDyck-Production – Messe/Film/Bühnenbau". Seit Paul diese Firma gegründet hatte, war es anscheinend das Einzige, was er im Kopf hatte.

„Am Anfang ist das natürlich viel Arbeit, aber wenn das erst mal läuft, dann brauche ich nur noch zu delegieren und nicht immer dabei zu sein", hatte er Mishel erklärt.

„Über ein Jahr ist das jetzt schon her und noch kein Delegieren in Sicht", geht es Mishel durch den Kopf als sie die vier Treppen zu ihrer gemeinsamen Wohnung hinaufsteigt.

Nachdem sie die Einkäufe weggeräumt hat, schaltet sie den Computer ein. „Vielleicht sollte ich allein ins Kino gehen ..."

* * *

Phil kommt um 19.00 Uhr nach Hause.

„Puh, was für ein Tag das schon wieder war", stöhnt sie vor sich hin. Ihre Mitbewohner sind nicht zu Hause und Phil ist darüber erleichtert, geht sofort in ihr Zimmer und lässt sich in die Hängematte fallen. Manchmal ist sie nach einem stressigen und anstrengenden Bürotag einfach froh, erst mal eine Ruhepause für sich zu haben und nicht gleich einen WG-Plausch zu halten.

Also hängt sie entspannt und rauchend in ihrem Zimmer rum und lässt sich die letzten Tage durch den Kopf gehen. Es haben sich nämlich erstaunlich viele Männer auf ihre Kontaktanzeige gemeldet. „Weltreisende sucht Gefährten in Berlin" hat ihr mehr Briefe eingebracht, als sie dachte. Aber die meisten ordnet sie eher in die Kategorie Kleingartenkolonie ein. Männer, die „auch gerne mal übers Wochenende rausfahren". Daran hat sie nur wenig Interesse. Sie will keine Wochenendtrips, sondern die nächste große und lange Reise. Aber bis es so weit ist, muss sie wohl

13

noch einige Monate in dieser Bank arbeiten. Irgendwo muss die Kohle ja herkommen.

„Oh weia, ist das aufregend", rutscht es ihr laut heraus. Ihre Gedanken sind zum nächsten Tag gehuscht. Da hat sie nämlich ein Date mit einem durchaus aussichtsreichen Kandidaten. Er ist zwar mit seinen 25 Jahren drei Jahre jünger als sie, aber das ist ihr ziemlich schnuppe. Sie will ja schließlich nicht gleich heiraten, sondern nur einen Begleiter finden, der ihr ihre, hoffentlich gezählten, Monate in Berlin versüßt. Und so einer wird doch wohl zu finden sein!

Nach der dritten Zigarette steigt sie aus der Hängematte wieder aus, um sich die grünen Kontaktlinsen rauszunehmen. Die Farbe passt so schön zu ihrem roten Kurzhaar-Strubbelschnitt. Außerdem findet sie die verwirrten Blicke witzig. Eigentlich hat sie nämlich blaue Augen, die unter ihrer schwarzgerahmten Brille auch wirklich schön zur Geltung kommen. Wenn sie dann die grüngefärbten Kontaktlinsen trägt, sehen viele Menschen sie zwar irritiert an, wissen aber nicht so genau, was denn eigentlich anders an ihr ist als sonst. Sie nimmt es immer wieder als Beispiel dafür, dass Menschen es nicht gewohnt sind, andere tatsächlich anzusehen.

Und sie ist schon ziemlich anders als die meisten ihrer Kolleginnen. Sie sträubt sich gegen die Strukturen und macht dies auch in ihrem Äußeren deutlich, indem sie einfach die so genannte Kleiderordnung nicht einhält. Aber sie ist gut als Bankfrau. Deshalb hat sie auch überhaupt so schnell wieder einen Job gefunden.

Eigentlich wollte sie nach ihrer Reise nicht wieder in eine Bank zurück, aber sie hat nunmal diesen Beruf erlernt und besitzt gute Zeugnisse. Dass sie die Geldpolitik, die in den Banken betrieben wird, nicht mag, muss sie bei der Suche nach einem gut bezahlten Job leider vernachlässigen.

Das ist heute allerdings alles nicht so wichtig, denn sie überlegt sich, was sie wohl zu ihrer morgigen Verabredung anziehen soll. Ihre schwarze knielange Legging, darüber ein Spaghettiträgershirt und darüber ihr grünes Lieblingskleid. Dazu die Docs. Auch wenn's noch ganz schön warm ist, müssen die Docs schon sein. Und die Haare? Mit ein paar Gummibärchenklips aufgepeppt, sieht das ganze doch ganz gut aus. Ja, das könnte gehen. Aber es wird wohl ziemlich knapp werden.

Sie hat am nächsten Tag noch wichtige Kundengespräche zu führen und der Termin dafür ist recht spät am Nachmittag angesetzt. Hoffentlich kann sie die Kundin schnell von irgendwas überzeugen und sie verzieht sich dann wieder. Wenn alles gut geht, schafft sie es dann noch schnell nach Hause zu rasen, zu duschen, eine Zigarette zu rauchen, sich umzuziehen, um sich dann am Paul-Linke-Ufer mit Bill zu treffen. Zum Glück ist es dorthin wenigstens nicht weit. Sie kann von ihrem Fenster aus die Kneipe sehen. Da sie aber bisher noch nicht übers Wasser laufen kann, muss sie den Umweg über die Brücke nehmen.

Die Wohnungstür geht auf und ihre Mitbewohnerin kommt nach Hause.

„Hi, Sabine. Na, wie geht's dir so?" fragt Phil.

„Geht so. Und dir? Machst du gerade große Anprobe für morgen?"

„Ja. Wie sehe ich aus? Aber sei ehrlich und lass mich nicht als Vogelscheuche raus", erwidert Phil.

„Quatsch", beschwichtigt Sabine, „du siehst klasse aus. Ich würde dahinschmelzen, wenn ich auf rothaarige Frauen stehen würde. Vor allem die Bärchenklips. Entzückend!"

„Blöde Ziege!" lacht Phil. „Aber im Ernst: bin ich nicht zu fett für das Kleid?"

„Nein, bist du nicht. Hast du nicht gelesen, dass die meisten Männer auf kleine Bäuche bei Frauen stehen?"

„Auf kleine vielleicht, aber auf meinen?"

„Jetzt hör aber auf! Du siehst echt cool aus. Aber vielleicht solltest du jetzt aufhören, Schokoladeneis in dich reinzuschaufeln, sonst sprengst du bis morgen das Kleid doch noch."

„Haha. Ich bin ganz schön aufgeregt. Hoffentlich wird es nicht so eine Pleite wie mit dem wirklich Gutaussehenden letzte Woche, dessen Foto leider schon mindestens 100 Jahre alt war und er etwas vergreist. Ich bin echt gespannt. Es wäre schon nett, wenn zumindest ein Treffer dabei wäre. Und das Foto sieht echt gut aus. Raver-Typ. Wenn er nicht nur auf Techno steht und auch was in der Birne hat, hätte ich schon Lust."

„So, so, deine Hormone spielen also noch immer verrückt, ja? Wart's doch erst mal ab. Und immer schön locker bleiben."

„Ich werde mein Bestes tun. Komm, lass uns ein bisschen vor die Glotze legen, das schläfert den Geist so schön ein und ich muss nicht immer darüber nachdenken, was morgen alles passieren könnte."

1. Kapitel

Donnerstag, 9. September 1999

„Guten Morgen, ihr da draußen. Hier ist Radio Power-Berlin 100,3. Wieder mal ein toller sonniger Tag hier in Berlin und Brandenburg. Das richtige Wetter, um zu heiraten. Das werden heute am 9.9.99 auch ziemlich viele Paare tun. Also: haltet euch von den Heiratslokalitäten fern. Es könnte zu Massenaufläufen kommen!"

Das werde ich allerdings tun, denkt Mishel, als sie das Frühstücksgeschirr in die Spüle räumt, stattdessen bin ich so irrsinnig und gehe zum Zahnarzt. Ich sollte in den Park gehen und ein gutes Buch lesen, aber nein, ich fahre durch die halbe Stadt nach Neukölln, in einer stickigen U-Bahn, nur um mir von diesem weißbekittelten Sadisten Schmerzen zufügen zu lassen, wo doch morgens die Zähne besonders schmerzempfindlich sind! Ich muss verrückt sein! Naja, aber was sein muss, muss sein und außerdem sieht er wirklich gut aus, so weit das hinter der Gesichtsmaske zu erkennen ist. Was soll's, ich werde es hoffentlich überleben. Jedesmal dieselbe Panik!

Eineinhalb Stunden später blinzelt Mishel mit weit geöffnetem Mund in die grelle Lampe von Dr. Barons Zahnarztzimmer.

„Na, Frau van Dyck, wie geht's Ihnen denn? Schön, Sie wieder zusehen".

„Ahhh ...", finde ich gar nicht, denkt Mishel.

„Frau van Dyck, Sie können ruhig antworten, ich habe noch nicht angefangen", grinst Dr. Baron.

„Danke, gut. Aber vermutlich wesentlich besser, wenn ich hier wieder weg bin", entgegnet Mishel.

„Nur keine Panik. Sie sind doch nur zur Kontrolle hier. Jetzt entspannen Sie sich mal. Es wird schon nicht so schlimm sein", beruhigt sie der Arzt und tätschelt ihr den Arm.

Hast du 'ne Ahnung, grummelt Mishel gedanklich, du verdienst schließlich dein Geld damit, dass ich hier todesmutig sitze.

„B2 ..." murmelt Dr. Baron zu seiner Assistentin.

Oh nein, ich stehe jetzt einfach auf und gehe.

„... sollten wir weiter beobachten, da ist eine Verfärbung. Das war's, Frau van Dyck. Alles in Ordnung. Wir sehen uns dann in einem Jahr wieder zur Kontrolle. Auf Wiedersehen und schönen Tag noch", er schüttelt Mishels schweißnasse Hand und geht hinaus.

Puuuh, überlebt, seufzt Mishel, als sie sich aus dem Zahnarztstuhl erhebt und ihr verschwitztes Sommerkleid vom Rücken löst.

Eigentlich doch ein wunderschöner Tag, denkt Mishel, als sie wieder auf der Straße steht und die Sonnenbrille aufsetzt, ich sollte mir was Schönes gönnen; vielleicht ein gutes Buch ..., ach nein, doch lieber etwas Schickes zum Anziehen für die Geburtstagsfeier von Barbara. Das würde Paul sicherlich auch gefallen. Da war doch letztens noch diese kleine Boutique in der Nähe, da werde ich mal reinschauen, aber zuerst zur Bank, Geld holen.

Während Mishel am Kontoauszugsdrucker auf ihren Auszug wartet, fällt ihr Blick auf die Frau ihr gegenüber. So schöne lange dunkle und lockige Haare hätte ich auch gerne, denkt Mishel versonnen, aber dieses Krankenschwesternhäubchen sieht etwas albern aus, und ein wenig Schminke würde ihr auch gut stehen.

In diesem Moment hebt die Frau den Kopf und lächelt Mishel an. Peinlich, die Leute so anzustarren, denkt Mishel und lächelt verlegen zurück.

Zeitgleich entnehmen beide ihre Auszüge dem Drucker und grinsen sich bei dieser Synchronität wieder an. Mishel betrachtet den Kontoauszug und stellt zufrieden fest, dass noch genügend Geld auf ihrem Konto ist, um shoppen zu gehen.

Als sie den Auszug schon in die Tasche stecken will, hält sie verdutzt inne. Was ist denn das: 9,99 DM am 9.9. abgebucht? Irritiert blickt sie von dem Kontoauszug hoch direkt in das ebenfalls erstaunte Gesicht der Frau gegenüber.

„Merkwürdig", murmelt diese „ist heute etwas Besonderes?"

„Außer, dass heute viele Paare heiraten, eigentlich nicht", entgegnet Mishel.

„Da habe ich wohl eine unfreiwillige Spende in Datumshöhe für die Hochzeiten gemacht", kopfschüttelnd stopft sie das Papier in die Kitteltasche, „da werde ich mich später drum kümmern müssen."

Mit einem „schönen Tag noch", dreht sie sich um und verlässt eilig die Bank. Echt komisch, vielleicht ein Scherz nach dem Motto: Gebt eine Spende für die armen Not leidenden Heiratswilligen – die Scheidungskosten werden dann gesondert abgebucht?

Nein, mit mir nicht, beschließt Mishel und tritt entschlossen an den Schalter.

„Guten Tag. Ich habe mal eine Frage wegen meines Kontoauszugs. Hier sind nämlich ...", beginnt Mishel.

„Einen Moment bitte. Setzen Sie sich doch. Ich bin sofort wieder zurück", unterbricht der junge Bankangestellte freundlich und hastet davon.

Sie lässt sich auf den angenehm kühlen Stuhl fallen und blickt sich um. Heute scheint der Tag der Haare zu sein, überlegt sie, als ihr Blick auf den roten Kurzhaarschnitt fällt, der gerade die Treppe runter kommt. Die passt ja mal so gar nicht in diesen spießigen Laden, vielleicht ist sie ja die Tochter vom Chef. Nee, wohl doch nicht, stellt Mishel fest, als sich der freundliche Bankangestellte fast unterwürfig an den Rotschopf wendet: „Frau Bauer, eine kurze Frage." Doch mit einem Kopfschütteln und einem Fuchteln mit den Papieren, die sie in der Hand hält, geht Frau

Bauer an ihm vorbei.

Der Ärmste, denkt Mishel.

Hilfesuchend tritt er an den nächstgelegenen Schreibtisch und redet aufgeregt auf seinen Kollegen ein, wovon Mishel allerdings nur Fetzen versteht: „Schon wieder ein Kontoauszug ... wie kann das sein? ... und jetzt? ..."

Die Antworten des Kollegen sind unverständlich. Sein Gesicht drückt Ärger, aber auch Bestimmtheit aus, so dass der junge Mann schließlich mit einem bekümmerten Gesicht wieder an den Schalter tritt.

„Entschuldigen Sie bitte. Was kann ich für Sie tun", beginnt ihr Gegenüber und versucht sich zu sammeln.

„Also ich habe hier ein Abbuchung von 9,99 DM und kann mir beim besten Willen nicht erklären, was das sein soll."

„Zeigen Sie mal her", antwortet der Mann und tippt etwas in seinen Computer ein, „ja, hier ist die Abbuchung."

„Dass der Betrag abgebucht ist, sehe ich selbst, aber können Sie mir bitte näheres dazu sagen?"

„Tja also, Sie haben wohl etwas mit Ihrer ec-Karte bezahlt." „Ich habe überhaupt keine ec-Karte, nur eine service-Karte. Das kann also schon mal gar nicht sein", entgegnet Mishel leicht gereizt.

„Wenn das so ist...", nervös blickt sich der junge Mann Hilfe suchend um, „ja..., dann..., also ich werde das klären und melde mich bei Ihnen. Sollte der Betrag tatsächlich unrechtmäßig abgebucht worden sein, bekommen Sie selbstverständlich eine Gutschrift", fährt er nun sicherer fort. „Das könnte allerdings ein paar Tage dauern, aber so hoch ist der Betrag ja auch nicht."

Wieder alles im Griff habend, lächelt er Mishel gewinnend an.

„Hmm, in Ordnung. Aber eigenartig ist das doch schon. Ich meine …"

„Überlassen Sie das nur mir", unterbricht er Mishel schnell „es wird dafür eine ganz logische Erklärung geben."

Damit gibt er Mishel ihren Auszug zurück und verabschiedet sich mit einem feuchten Händedruck.

Der scheint ja eine ähnliche Angst vor mir zu haben, wie ich vorhin beim Zahnarzt, stellt sie überrascht fest, während sie verstohlen ihre Hand am Kleid trokkenreibt.

Gedankenverloren verlässt sie die Bank und geht in Richtung U-Bahn. So viele Neunen an einem Tag ist echt verrückt. Ob die Leute das vor tausend Jahren auch schon gedacht haben? Kaiser Otto III. musste sich jedenfalls nicht mit falschen Kontoabbuchungen rumplagen. Dafür hatte er die apokalyptischen Weltuntergangsvorhersagen der Kirchenmänner am Hals. Auch nicht viel besser. Wie das wohl war damals?

„Kannste nich kieken", schimpft die dicke alte Gemüsefrau, als Mishel die Kiste mit den Äpfeln anrempelt.

Überrascht stellt sie fest, dass sie fast vor ihrer Wohnung steht. War wohl nix mit shoppen, denkt sie lakonisch und schließt die Tür auf.

***

Die Kochtopfdeckel klappern und der Dampf breitet sich in der kleinen Küche langsam zum dichten Nebel aus. Maria tastet sich zum Fenster um erst mal zu lüften und einen Blick in die Töpfe zu werfen.

„Immer diese Hektik", schimpft sie vor sich her.

Es ist kurz vor zwei und Lena müsste ihre Hausaufgben machen.

„Lena!! Essen ist fertig! Hilf mir mal beim Tisch dekken!"

Während Maria die Nudeln abgießt, hört sie ein unwilliges Gemurmel aus dem Kinderzimmer.

„Hey, was ist den los? Es gibt Nudeln mit Tomatensoße. Komm endlich."

Nachdem die Nudeln, Soße sowie Teller und Besteck auf dem Tisch stehen und noch nichts von Lena zu sehen ist, geht Maria ins Kinderzimmer.

„Gütiger Gott, wie sieht's denn hier aus."

Der Boden ist übersät mit Klamotten, Schulsachen und Comic-Heften. Lena sitzt am Schreibtisch vor ihrem Computer und starrt auf den Bildschirm.

„Ich glaub es einfach nicht. Das ist doch echt Scheiße!!"

Lenas Stimme bebt vor Wut und unterdrückten Tränen.

„Na, mein Schatz, kommst du zum Essen?"

Maria dreht sich schon halb zur Tür, um die verstreuten Sachen aufzuheben.

„Ich habe Laura doch gestern schon über diesen Lavafelsen gebracht! Das gibt's doch nicht! Hast du an meinem Computer rumgefummelt? Wehe, das verzeihe ich dir nie."

Lena haut mit der Faust auf den Stapel Hefte, die neben der Tastatur liegen, und fegt sie dabei vom Tisch.

„Hey! Bist du irre, es sieht hier eh schon aus wie im Saustall. Außerdem werden die Nudeln kalt."

Mit Tränen in den Augen schaut Lena ihrer Mutter an.

„Du hörst mir ja gar nicht zu! Mein Spiel ist kaputt. Ich bin doch schon so weit gewesen! Und jetzt soll ich wieder von vorne anfangen? Wofür habe ich denn diese blöde Memory-card gekauft? Ich hatte Laura Croft doch schon so weit! Und irgendwie bewegt sich Laura auch nicht mehr so gut wie sonst."

Maria seufzt laut.

„Hat das nicht Zeit bis nach dem Essen?"

„Nein, nein! Ich will einen neuen Computer. Paula darf den von ihrem Vater benutzen, der passiert sowas nie!"

„Ist ja schon gut. Also lass mal sehen."

Maria starrt auf den Bildschirm und bewegt vorsichtig die Maus.

„Ist doch alles in Ordnung, wo ist das Problem?"

Lena schlägt sich die Hand an die Stirn.

„Das glaub ich einfach nicht. Bist du blöd. Das heißt doch nix. Du musst ..." Maria sieht Lena streng an.

„Jetzt pass mal auf, nur weil dein Computer spinnt, kannst du nicht so mit mir reden, verstanden! So, lass mich mal hinsetzen und sag mir noch mal, was denn jetzt das Problem ist?"

Nach zwanzig Minuten steht Maria genervt vom Schreibtisch auf, reibt sich die Augen und nimmt Lena in den Arm.

„Ach, Schatzi, ich versteh' doch auch nix von Computern, aber es scheint wirklich etwas nicht zu stimmen. Vielleicht hast du irgendeine Taste gedrückt, oder so."

„Nein, hab ich nicht, ich bin doch nicht blöd! Das ist ganz alleine passiert."

Lena verzieht schmollend ihren Mund.

„Schon gut, sei mal nicht traurig. Mir fällt schon was ein. Aber heute können wir nix mehr machen. Wie wär's, wenn ich morgen mal bei ..." Lena schiebt ihre Mutter zur Seite und stampft auf ihren Schulheften rum.

„Morgen, immer alles erst Morgen! Das dauert mir zu lange. Ich ruf jetzt Papa an!"

Bevor Maria noch etwas einwenden kann, flitzt Lena in den Flur und greift sich das Telefon.

Oh Mann, was für ein Tag, denkt Maria und geht resigniert in die Küche. Die Nudeln sind in der Zwischenzeit natürlich schon kalt und das Fenster war auch die ganze Zeit auf. Zum Glück sind nicht die Katzen von

Frau Knoblauch reingeschlichen und haben sich über die Nudeln und den Käse hergemacht. Und das alles wegen einem blöden Computerspiel. Aber damit nicht genug, jetzt hat sie auch noch Volker am Hals, der wird die Gelegenheit natürlich ausnutzen und sich so richtig als toller Vater aufspielen. Hoffentlich lässt sich das Problem am Telefon klären. Sonst taucht der zu allem Überfluss hier auf! In Gedanken vertieft, schaufelt Maria die kalten Nudeln in sich hinein und lässt vor Schreck die Gabel fallen, als Lena sich laut auf den Küchenstuhl fallen lässt.

„Wo lebe ich nur? Anscheinend ist meine Generation die Einzige, die sich mit Computern auskennt! Pah! Was habt IHR eigentlich in der Schule gelernt? Und das nennt sich Eltern."

Maria hält ihre Wut nur mühsam unter Kontrolle, dieses Thema beginnt sie langsam wirklich zu nerven. Mit einer leicht gereizten Stimme fragt sie: „Und - was hat Volker gesagt?"

Lena verzieht demonstrativ ihr Gesicht. Ihre Augenbrauen schnellen in die Höhe und ihre Grübchen wandern nach unten. Bei diesem Anblick muss Maria nun doch anfangen zu lachen.

„Na los, erzähl schon, sonst platze ich noch vor Lachen!"

Lena hebt theatralisch ihre Hände hoch, schaut zur Decke und sagt: „Papa weiß auch nicht, was es sein könnte! Außerdem hat er mir noch blödere Fragen gestellt als du. Und das will schon was heißen!"

Maria grinst befriedigt, unentschieden denkt sie erleichtert.

„Und? Hat er eine gute Idee gehabt, was du machen könntest?"

Lena sieht ihre Mutter herausfordernd an.

„Ja. Immerhin hat Papa brauchbare Kontakte!! Er hat mir die Telefonnummer vom Compi-Notruf gegeben.

Aber da war nur der Anrufbeantworter dran, sonst hätte ich die gleich hierher bestellt. Ich habe aber drauf gesprochen und gesagt, dass es ganz besonders dringend ist und sie morgen früh gleich herkommen sollen. Und eigentlich finde ich ..."

Der Rest des Satzes geht in Marias schallendem Gelächter unter, und nur mit Mühe kann sie ihre Tochter davon überzeugen, dass ein defektes Computerspiel kein hinreichender Grund für Schuleschwänzen ist. Aber Lenas Laune ist durch die Aussicht auf eine kompetente Hilfe wieder aufgeheitert. Während sie die kalten Nudeln isst, erzählt Maria ihr den neusten Krankenhaustratsch.

„Ach, und stell dir vor, ich musste heute noch in der Mittagspause zur Bank. Ist mir ja eigentlich immer sehr peinlich, so in der Schwesterntracht draußen rumzulaufen. Na ja, ich steh so vor dem Kontoauszugsdrucker und schau auf meinen Kontoauszug, und da wurden mir doch 9,99 DM am 9.9. abgebucht! Komisch, denk ich, das kann ja nicht ganz stimmen. Ich habe dann so in Gedanken hoch gesehen und seh genau gegenüber von mir eine Frau, die auch ganz verwirrt auf ihren Auszug schaut. Die hat dann was von Heiratsspenden erzählt. Aber das habe ich nicht verstanden. Ich war dann etwas beruhigt, denn es scheint ja ein Fehler von der Bank zu sein. Die Frau hat sich aber aufgeregt und ist sofort in den Schalterraum, um sich zu beschweren. Ich habe noch überlegt, ob ich mitgehe oder warte, was sie sagt, wenn sie dran ist. Aber ich war ja in der Mittagspause da und das war mir dann doch zu doof, wegen so einer Pillepalle meine kostbare Pause zu opfern. Na ja, aber Morgen muss ich dann doch mal nachfragen. Also du siehst, auch die Bank hat mal Stress mit ihren Geräten. Schade, stell dir vor, die hätten mir aus Versehen 999,99 DM überwiesen! Das wäre toll, was? Dann könnten wir

beide über Weihnachten und Silvester richtig weg
fahren. Die Frau sah nett aus. So wie 'ne Lehrerin mit
Brille, dunkelblonden langen Haaren und so einem
verwirrten Ausdruck, als ob sie an was ganz anderes
denkt. "

Nachdem beide aufgegessen haben und Lena genug von
Marias Geplauder hat, verzieht sie sich zum Spielen
nach draußen.

Maria legt sich gemütlich aufs Sofa und greift zum
Telefonhörer.

„Hey, Kerstin, wie geht's?"

„Ach, geht so. Ich bin schon ziemlich müde und heute
war ja echt viel zu tun. Ach, sag mal, hat bei dir das
neue EKG-Teil auch schon mal nicht funktioniert?"

Maria denkt nach: „Hmm. Ich glaube nicht. Das war
doch immer in Ordnung. Damit klappt's eigentlich
ziemlich gut. "

Kerstin ist sichtlich verwirrt.

„Mist. Aber es hat heute nur merkwürdige Daten aus-
gespuckt. Das konnte gar nicht stimmen. Ich hab dann
eine Reparaturmeldung gemacht! Und dann musste ich
das alte EKG holen, wieder anschließen, ach, eine
Menge Arbeit!"

„Vielleicht sind die alten Geräte doch zuverlässiger,
hat halt alles Vor- und Nachteile. Und wir sind ja total
von all der Technik abhängig." Kerstin stimmt ihr
durch ein Murmeln zu, gähnt erneut und sagt: „Um mal
das Thema zu wechseln, was schenken wir eigentlich
Carolyn?"

Damit eröffnet sie eine lange Diskussion, die erst nach
gut einer halben Stunde erfolglos abgebrochen wird.

„Puh, ich bin hundemüde. Lass uns morgen weiter
reden. Schönen Abend noch. "

***

„Endlich", stöhnt Phil auf und lässt sich im Aufenthaltsraum auf einen Bürostuhl fallen. Es ist schon halb fünf, aber sie ist heute noch nicht dazu gekommen, sich eine kleine Rauchpause zu gönnen. Erst jetzt kommt sie zu ihrer wohlverdienten Atemgymnastik: einatmen, kurz den Atem anhalten, ausatmen. Nach den ersten beiden wohltuenden Zügen kommen zwei ihrer liebsten Kolleginnen herein.

„Na, kommst du einigermaßen klar?" fragt Monique.

„Es geht so. Dass Susi aber auch ausgerechnet jetzt krank werden muss. Ich hab mit meinem Job gerade genug zu tun und jetzt muss ich ihren Kram auch noch erledigen. Und keiner nimmt Notiz davon, dass im Krankheitsfall eben nur ein Notprogramm gefahren werden kann. Das ist den Chefs doch völlig schnuppe. 'Aber, Frau Bauer, wir können doch die Kunden nicht einfach wegschicken, nur weil eine Kollegin krank ist. Und sie sind nunmal die einzige, die auf diesem Platz einspringen kann.' Blablabla. Für die ist doch die Hauptsache, dass am Ende des Monats der Umsatz stimmt und sie ihre Provisionen einkassieren können. Wieso muss ich mich dafür eigentlich so abrackern?"

„Tja, wenn du willst, dass andere für dich schuften, musst du dich als Vorstand bewerben. Du kennst das Spiel doch. Sorry, das war ein blöder Einwurf. Falls ich dir irgendwas abnehmen kann, lass es mich wissen", bietet Monique ihre Hilfe an.

„Schön wär's. Ich habe doch heute Abend das Date mit diesem Computertyp, von dem ich dir erzählt habe. Puh, ich bin ganz schön aufgeregt. Und heute Nachmittag kommt noch Frau Krause hier an. Die will nochmal eine Beratung, wo sie denn ihre Millionen jetzt am besten anlegt. Das Schlimmste ist, dass sie schon zweimal hier war und sich zu nichts entscheiden konnte. Hoffentlich stellt sie heute nicht noch einmal die gleichen blöden Fragen, um dann mit den Worten

'Da muss ich schon nochmal drüber schlafen' wieder abzuziehen. Dann geht sie zur Konkurrenz und nervt die. Die Frage ist, wer es letztlich schafft, sie dazu zu bringen, ihre Kohle überhaupt irgendwo anzulegen."

Phil liebt solche Kunden. Die mit richtig Geld sind meist die Schlimmsten. Sie wissen eigentlich gar nicht, was sie damit anfangen sollen, aber sie sind nicht bereit, ihrer Bankberatung zu vertrauen. Keine Ahnung von Geldgeschäften, aber mitreden wollen. Es gibt nur wenige Ausnahmen. Herr Smelko zum Beispiel. Mit ihm hat Phil sich gleich ganz nett unterhalten und hat sich dann auch vorgewagt, ihm alternative Projekte vorzustellen, die er unterstützen kann. Er hat sich dann tatsächlich bereit erklärt, in ein Bildungsprojekt in Afrika zu investieren. Er war nämlich schon mal in Kenia auf Safari und hat dort diese armen Negerkinder - wie er sie nannte - gesehen, die so gar keine Chance auf eine gute Ausbildung haben. Er hat zwar nur einen Bruchteil seiner Rendite geopfert, aber es ist immerhin ein Anfang. Bei den meisten Kunden macht es gar keinen Sinn, auch nur die kleinste Andeutung darauf zu machen, dass ihr Geld anderen Menschen helfen könnte.

„Ach, Monique, weißt du eigentlich, ob mit dem Server irgendwas nicht stimmt? Ich habe heute mehrmals versucht, ein paar Dokumente an die Zentrale zu mailen, aber es kam alles zurück."

„Ich weiß es nicht. Und der Wutzke aus der EDV scheint auch überfordert zu sein. Es sind heute etliche Dinge schief gelaufen, aber er weiß auch nicht, was mit den Computern nicht stimmt."

„Das ist echt ein verflixter Tag. Na ja, es nutzt alles nix. Ich muss an die Arbeit zurück."

Phil nimmt noch einen letzten Zug an ihrer Zigarette und geht dann los.

Auf dem Weg in ihr Büro muss Phil durch den Schalterraum. „Oh, nein, die armen Kollegen", denkt sie, als sie die aufgebrachte Beschwerde eines Kunden im Vorbeigehen mitanhört. Die Kontoauszugsdrucker spinnen heute nämlich auch. Aus was für Gründen auch immer, hat der Computer fast allen Leuten 9,99 DM vom Konto abgebucht.

Am Vormittag waren ihr zwei Kundinnen aufgefallen, die einen irgendwie besonderen Blickkontakt am Kontoauszugsdrucker hatten. Sie haben sich gegenseitig taxiert und sich dann angegrinst. Phil kann gar nicht genau sagen, wieso ihr das aufgefallen ist. Sie hat sie zufällig gesehen. Die beiden Frauen waren schon sehr unterschiedlich - eine aufgedonnert, die andere eher unscheinbar, aber beide auf ihre Weise sehr hübsch. Die Aufgedonnerte kam dann auch in den Schalterraum und beschwerte sich über die Falschabbuchung auf ihrem Auszug. Der junge Kollege am Schalter kam zu Phil, die gerade durch den Raum lief, um sie zu fragen, was er denn nun sagen solle. Allerdings hat Phil ihn ziemlich abserviert, da sie gestresst war und sich um ihre eigenen Termine kümmern musste. Und an diesem verflixten Tag scheinen sich auch wirklich alle beschweren zu wollen.

Hoffentlich ist Frau Krause wenigstens friedlich, denkt Phil.

In ihrem Büro angekommen klingelt sofort das Telefon. „Großstadtbank, Bauer am Apparat, Guten Tag", leiert Phil ihren Spruch herunter. „Ja, Guten Tag, Frau Bauer, hier spricht Krause. Ich muss leider meinen Termin heute Nachmittag um eine halbe Stunde verschieben. Ich kann erst gegen 17 Uhr 30 bei Ihnen sein. Das geht doch sicher trotzdem noch, oder?"

Phil schluckt.

„Oh, natürlich, Frau Krause. Das ist gar kein Problem. 17 Uhr 30 sagen Sie?"

„Ja, ich schaffe es leider nicht früher. Mir ist etwas Wichtiges dazwischengekommen. Da bin ich ja froh, dass das klappt. Ich hätte nämlich nur noch ein paar Fragen und möchte dann schon bald zum Abschluss kommen. Vielen Dank. Wir sehen uns dann um halb sechs."

„Ja. Auf Wiedersehen, Frau Krause."

Mit einem bösen Fluch auf den Lippen schmeißt Phil den Hörer auf die Gabel.

„Das ist ja unglaublich! Eine Frechheit! Diese blöde Ziege! Als hätte ich nichts anderes zu tun, als auf sie zu warten. Mist. Hoffentlich kommt sie denn auch tatsächlich 'zum Abschluss'", äfft Phil die Krause-Stimme nach.

Das wird wohl doch nichts mehr mit Umziehen, denkt Phil nach einem verstohlenen Blick auf die Uhr während des verspäteten Gesprächs mit Frau Krause, als diese gerade die Vertragsbedingungen nochmals durchliest. „Die labert mir hier die Ohren voll und es ist ihr piepegal, ob ich eigentlich längst Feierabend habe. Sie ist schließlich Frau Oberwichtig und für sie muss die Bank dann eben geöffnet bleiben. Mist. Und von wegen wichtiger Termin, beim Friseur war sie. Das ist doch eine Unverschämtheit."

„Ja, Frau Bauer, wissen Sie, die Kleinstadtbank, die gewährt mir aber 0,25 Prozent mehr Zinsen. Allerdings sind auch ein paar der Bedingungen etwas abweichend von den Ihren. Ich würde mir den Vertrag gern nochmal mit nach Hause nehmen und eine Nacht darüber schlafen. Ich komme dann einfach in den nächsten Tagen nochmal vorbei."

„Aber natürlich, Frau Krause. Lesen Sie sich alles nochmal in Ruhe durch und denken Sie darüber nach", antwortet Phil in ihrem professionellen Der-Kunde-ist-König-Tonfall, „und verschwinde jetzt aus meinem Büro", beendet sie den Satz in ihren Gedanken.

Frau Krause verabschiedet sich in einer langen Zeremonie.

„Wo hab ich denn nur meinen Hut abgelegt?" fragt sie Phil.

Auch das noch, denkt Phil.

„Sie sind ohne Hut hier reingekommen, Frau Krause. Ich weiß das so genau, weil mir Ihre neue Frisur sofort aufgefallen ist, als Sie reinkamen."

Phil kann sich diese kleine Spitze nicht verkneifen. Das Verhalten von Frau Krause geht ihr einfach zu sehr auf die Nerven.

„Ach, da hab ich den vielleicht beim Friseur liegen lassen. Darf ich vielleicht Ihr Telefon mal benutzen?"

„Aber ja, hier bitte."

Phil dreht Frau Krause den Rücken zu und sieht aus dem Fenster. Es ist eine Höflichkeitsgeste, um anzudeuten, dass sie nicht lauscht, aber es ist auch eine Rettung, da sie immer wütender wird und das vermutlich auf ihrem Gesicht abzulesen ist.

„Ja, dort ist er tatsächlich. Da fahre ich gleich nochmal im Salon vorbei. Vielen Dank nochmal und auf Wiedersehen."

„Auf Wiedersehen, Frau Krause."

Kaum ist die Kundin aus der Tür rauß, schmeißt Phil all ihre Unterlagen in die Schublade, schnappt sich ihre Jacke und rennt raus. Fast alle anderen Kollegen haben die Bank längst verlassen.

Es ist 18 Uhr 30.

„Hoffentlich ist der Typ überhaupt noch da, wenn ich im Café ankomme", geht es Phil durch den Kopf, als sie zur U-Bahn hastet. Die Fahrt kommt Phil unendlich langsam vor. Endlich springt sie am Kottbusser Tor aus der Bahn und flitzt den Kottbusser Damm runter. Im Café am Kanal sitzen noch jede Menge Menschen. Schnell überblickt Phil die Leute, die draußen sitzen. Nein, da ist er nicht dabei. Also atmet sie nochmal tief durch und öffnet die Tür des Cafés. Sie sucht die Tische mit den Augen ab nach einem, der dem Typ auf dem Foto einigermaßen entspricht. Und da sitzt er tatsächlich: zurückgelehnt auf einem Stuhl, die Beine weit von sich gestreckt, in der Hand eine Computerzeitschrift.

Er sieht tatsächlich so gut aus, wie das Foto, das er geschickt hat. Er sieht lang aus, obwohl das im Sitzen nicht so richtig zu sehen ist. Er trägt dunkelblaue Raverhosen, mit den charakteristischen Taschen auf den Beinen. Außerdem ein blaukariertes Hemd, ein bisschen zerknittert. Es zeichnet sich deutlich ab, wie dünn er unter seiner weiten Kleidung ist.

Seine kurzgeschorenen dunkelbraunen Haare betonen sein markantes Gesicht. Er hat strahlend blaue Augen, mit denen er jetzt von seiner Zeitschrift aufblickt und sich suchend im Raum umblickt. Um seine vollen Lippen spielt ein kurzes Lächeln, als sich ihre Blicke in dem Café zum ersten Mal begegnen.

„Wow", durchfährt es Phil, „der sieht aber wirklich schnuckelig aus."

Sie gibt sich einen Ruck und geht an seinen Tisch.

„Hi, ich bin Phil", stellt sie sich mit einem strahlenden Lächeln auf den Lippen vor.

2. Kapitel

Sonntag, 3. Oktober 1999

Phil schlägt die Augen auf und stellt zu ihrer Überraschung fest, dass sie keine Kopfschmerzen hat und sich wach und ausgeschlafen fühlt. Seit einem Monat ist sie jetzt mit Bill zusammen. Die erste Begegnung mit ihm war schon ein voller Erfolg und seitdem verstehen sie sich jeden Tag besser. Sie sind auf einer gemeinsamen Wellenlänge, was den Humor anbelangt und haben viel Spaß miteinander. Und – was mindestens genauso wichtig ist – sie können sich ebenso gut über ernsthafte Themen unterhalten, und außerdem haben sie großen Spaß miteinander im Bett.

Die Digitaluhr neben Bills Bett zeigt 8:32.

Verdammt, denkt Phil, seit ich in dieser dämlichen Großstadtbank arbeite, ist mein Rhythmus so durcheinander geraten, dass ich einfach nicht mehr ausschlafen kann. Dabei sind wir doch erst gegen fünf im Bett gewesen. Und das auch noch ziemlich betrunken.

Neben ihr im Bett liegt Bill und schlummert still vor sich hin.

"Wie süß er aussieht", stellt Phil mal wieder fest und fängt an, ganz sanft mit den Fingern über seine nackte Brust zu streichen.

Er lächelt im Schlaf und scheint ihre Berührung zu genießen. Er dreht sich zur Seite, legt einen Arm um Phil und linst mit einem Auge auf die Uhr.

"Du mit deinen Schlafstörungen", murmelt er ihr ins Ohr. "Aber ich weiß schon, was dir fehlt, um nochmal einschlafen zu können."

Mit noch immer geschlossenen Augen zieht Bill Phil auf sich und streichelt ihr zärtlich den Rücken. Er flüstert ihr kleine Neckereien ins Ohr, küsst sie auf den Hals und die Wange und arbeitet sich langsam zu ihrem Mund vor. Phil schmilzt langsam dahin. Es ist so ein wunderbares Vergnügen, diesen Mann zu spüren. Er küsst wie kein Zweiter und unter seinen sanft tastenden Händen fühlt sie ihre Lust immer größer werden. Nur selten hat sie Männer in ihrem Bett erlebt, deren Lust so sehr von ihrer eigenen abhängig war. Und noch nie zuvor hat sie sich mit einem Mann vergnügt, der allein dadurch, dass er sie streichelte und küsste, zu einem Orgasmus kam. Es ist zu schön, um wahr zu sein. Und doch liegt sie gerade hier und erlebt es. Wie schön das Leben sein kann.

10:29 - sagt ihr ein erneuter Blick auf die Uhr.

Da bin ich doch tatsächlich nochmal eingeschlafen, stellt Phil überrascht fest.

Bill hat sich in Löffelchenstellung an sie gekuschelt und sie genießt noch für einen Moment seinen angenehm warmen Körper an ihrem. Dann schlüpft sie aus seinen Armen und geht in die Küche, um Kaffee zu machen.

Es ist frisch in der Küche und Phil zieht ihre giftgrüne Legging an und darüber ein Fleece-Shirt von Bill. Sie liebt es, seine Pullover zu tragen. Sie riechen so lekker und sind so weich auf ihrer Haut.

Versonnen steht sie vor der Fotografie am Kühlschrank. Sie zeigt Bills Rugby-Mannschaft sozusagen in Bestform: betrunkene, aber glücklich strahlende Spieler, die ihren Fänger hoch in die Luft heben, um anzuzeigen, dass ihm der Ausgang des Spiels zu verdanken ist. Bill ist groß und verhältnismäßig leicht, deshalb haben sie ihn zum Fänger auserkoren. Und wo ist dieser Typ, den sie gestern auf der Party kennen gelernt hat? Wie hieß er gleich? Paul. Was für ein langweiliger Name. Wer um alles in der Welt, straft seinen Sohn mit so einem Namen? Na ja, dafür kann er ja nichts. Und er war auch ganz nett. Ganz im Gegensatz zu seiner beknackten Freundin.

"Hey, du sollst dir nicht diese wunderbaren Männerkörper ansehen, sondern lieber mir ein wenig mehr

Beachtung schenken, meine Schöne", lacht Bill, als er Phil aus ihrer Nachdenklichkeit reißt.

"Oh, ich wollte gerade mit zwei wunderbar duftenden Kaffeebechern wieder zu dir kommen und dich nochmals Wachküssen, Babe. Los, lass uns nochmal ins Bett hüpfen, es ist ganz schön kalt geworden."

Die beiden schlüpfen nochmal unter die Decke und schlürfen langsam den heißen Kaffee.

"Was hat denn Paul eigentlich für eine schnarchnasige Freundin? Eigentlich kann ich mir Frauennamen ja ganz gut merken, aber bei dieser Langweilerin erschien es mir nicht der Mühe wert. Die ist ja völlig vergeistigt und lebt in einer ganz anderen Welt. Es ist unglaublich! Das lebende Vorurteil einer Frau, die sich im akademischen Elfenbeinturm befindet und den Bezug zur Realität so ganz und gar verloren hat. Und wie spießig sie aussieht. Oh, no!"

"Wieso denn das? Ich meine, ihr spießiges Aussehen ist mir auch aufgefallen, aber ich habe mich kaum mit ihr unterhalten. Was hat sie denn so erzählt?" will Bill wissen.

"Sie schreibt anscheinend gerade an einer Doktorarbeit zur ersten Jahrtausendwende mit all den apokalyptischen Voraussagen und Weltuntergang und so. Ich hätte mich so gern über Y2K mit ihr unterhalten, da es sich dabei ja eigentlich um ein verwandtes Thema handelt. Aber sie hat mich nur angesehen, als sei ich völlig durchgeknallt. Ich musste ihr sogar noch erklären, dass die Abkürzung für Year two thousand, also Jahr Zweitausend steht. Was es denn da für Probleme geben sollte. Sie sehe überhaupt keinen Grund zur Panikmache. Die Geschichte habe gezeigt, dass es sich dabei lediglich um ein willkürlich gesetztes Datum handele, das von Menschen erfunden wurde. Kein Grund anzunehmen, es könne zu einer Katastrophe kommen."

Phil äfft die Tonart der Frau nach, deren Name sie sich weigert zu merken. Sie gestikuliert heftig dabei und schlägt Bill fast die Tasse aus der Hand.

"Oh, sorry", lacht sie, "aber diese Frau ist einfach unglaublich. Zum Glück kam dann irgendwann eine Freundin von ihr und hat sie vollgequatscht. Da konnte ich dann endlich abhauen, ohne unhöflich zu wirken. Aber echt, so eine Ignorantin. Ich kann's kaum glauben!"

"Hey, Phili, sei nicht so streng mit ihr. Anscheinend haben Menschen nur eine gewisse Auffassungsgabe für Dinge, die sie interessieren. Und wir klammern dann eben gern Dinge aus, die uns nicht in den Kram passen. Also lass es doch einfach gut sein."

Mit den letzten Worten stellt Bill seine Kaffeetasse auf dem Dielenboden ab und schmiegt sich an Phil.

"Lass uns lieber noch ein bisschen dösen, Süße."

Nicht mal über solche sprachlichen Macho-Ausrutscher kann Phil tatsächlich sauer sein. Sie genießt viel zu sehr die Gegenwart dieses zauberhaften Mannes. Während Bill langsam in das Land der Träume dämmert, schwirren Phil die Y2K-Gedanken durch den Kopf.

Das Problem dabei ist die Umstellung der Jahreszahl von 99 auf 00. Viele der alten Computerprogramme haben die Jahreszahl nur zweistellig programmiert, da in alten Zeiten, das heißt in den 60er und 70er Jahren, die Speicherkapazität so gering war, dass die Programmierer gern zwei Ziffern einsparen wollten. Dabei haben sie sich noch wenig Gedanken darüber gemacht, was bei der 00-Umstellung passieren könnte. Einer der Punkte ist nämlich, dass die Computer mit der Umstellung auf 00 davon ausgehen, es handele sich um 1900. Sie könnten dann einfach aufhören zu arbeiten, weil sie feststellen, dass sie seit 100 Jahren nicht gewartet wurden. Vor allen Dingen für Autos ist diese

Vorstellung ziemlich witzig. Wenn der eingebaute Computer anzeigt, dass die Kiste erst in die Werkstatt muss, bevor sie weiterfahren wird, könnten am 1.1.2000 jede Menge funkelnagelneuer Autos auf der Straße stehen und einfach nicht weiterfahren wollen.

Es gibt aber wohl noch mehr Probleme, die mit dem Datum zusammenhängen. Und dass es sich tatsächlich um Probleme handelt, hat sich am 9.9.99 gezeigt. In der Bank haben die Computer verrückt gespielt und einfach allen Kunden 9,99 DM vom Konto abgebucht. Kein Mensch weiß genau, warum das eigentlich passiert ist. Bill hat ihr zwar erklärt, dass die Ziffernfolge 9999 häufig das Ende eines Programms anzeigt, aber warum sich die Computer am 9.9. daraufhin selbständig gemacht haben, ist auch ihm nicht erklärlich. Möglicherweise greift das Programm auf ein anderes zu und nimmt deshalb die Abbuchung vor. Aber richtig logisch erscheint ihr das nicht. Vielleicht hat sie es einfach nicht richtig verstanden, von Programmieren versteht sie nicht viel. Aber da es am 9.9. schon Probleme gegeben hat, deren Auswirkungen zumindest in der Bank deutlich zu spüren waren, ist sie immer überzeugter, dass der große Sprung auf 00 am Ende sicherlich diverse Schwierigkeiten mit sich bringen wird.

Die Fachleute sind zwar daran, die Programme "Jahr-2000-fähig" zu machen, wie das genannt wird, aber es gibt wohl zu wenig Menschen, die die alten Programmiersprachen noch sprechen. Als diese Programme geschrieben wurden, dachten die Urheber wohl, dass sie nach ein paar Jahren überholt und veraltet sind. Aber viele dieser Programme laufen heute noch. Und niemand weiß, wo sich eine Datumsabfrage im Programm befindet. Also müssen ellenlange Computerprogramme neu gelesen werden, um herauszufinden, wo eine Änderung vorgenommen werden muss. Tja, und da die Sprachen nicht mehr gebräuchlich sind, gibt es wohl ein großes Übersetzungsproblem. Phil erinnert das ein wenig an alte lateinische oder griechische Texte, die sie vor langer Zeit in der Schule übersetzen musste. Da fand sie es schwierig, diese unglaublich kompakten Sprachen in flüssiges Deutsch zu übersetzen. Computerprogramme sind wohl noch viel komplexer, und deshalb ist die Suche nach Fehlerquellen viel mühsamer.

Erare humanum est, ist der letzte Gedanke, der Phil durch den Kopf geht, bevor sie eng an Bill gekuschelt nochmals einschläft. Sie träumt von Bill, der in seinem Arbeitszimmer vor dem Computer sitzt und sehr konzentriert arbeitet. Er starrt in den Bildschirm und hackt auf der Tastatur rum. Dann lehnt er sich zurück und schaut sich sein Produkt nochmals an. Plötzlich erscheint eine gnomenhafte Gestalt auf dem Bildschirm. Bill beugt sich vor und reibt sich ungläubig die Augen. Der Monitor, der eben noch mit Zahlen und Buchstabenkombinationen gefüllt war, zeigt nun den Gnom, der eine lange steile Treppe hinaufgeht.

Auf der Hälfte des Weges bleibt er stehen, dreht sich um und sagt mit einer elektronischen Stimme: "Folge mir durch diese Tür und du wirst die Lösung für all deine Probleme sofort erkennen."

Mühsam geht der Zwerg die Treppe weiter hinauf, an deren Ende die besagte Tür ist. Plötzlich sieht Bill sich selbst auf dem Bildschirm als kleines elektronisches Männchen. Er versucht, die Treppe hochzurennen, um den Gnom einzuholen, aber je schneller er rennt, umso mehr Stufen scheinen zwischen ihm und dem Zwerg zu liegen.

"Komm nur", ruft der Gnom und kichert boshaft. Während der elektronische Bill im Monitor die Treppe weiter hinaufhastet und der so verlockend erscheinenden Tür, hinter der die Wahrheit aller Fragen liegt, immer näher kommt, wird der echte Bill auf seinem Stuhl vor dem Computer immer schwächer. Langsam verschwinden seine Konturen, und als Bill im Monitor die Tür öffnet, löst sich sein Körper in der Realität völlig auf und verschwindet.

"Neiiin", schreit Phil auf und schreckt aus dem Schlaf. Sie sitzt kerzengerade im Bett und schaut sich um. Sie sieht die endlosen Treppen - oder wie auch immer sie heißen - von Escher an der Wand, den großen Spiegel daneben, das Kleiderregal gegenüber. Bill erscheint in der Tür und kommt mit ausgebreiteten Armen auf sie zu.

"Hey, was ist denn?"

"Oh, wie fürchterlich! Ich habe geträumt, dass du dich auf der Suche nach der endgültigen Lösung für alle Fragen der Welt entmaterialisierst und in den Computer kriechst. Schrecklich! Wie schön, dass du hier bist. Dieser Y2K-Quatsch scheint mich doch mehr zu beschäftigen, als mir lieb ist. Ich möchte nicht auch in meinen Träumen davon verfolgt werden", jammert Phil.

Dann erzählt sie ihm genauer von ihrem Traum.

Nachdem sie zum Ende gekommen ist, grinst Bill sie an: "Es wäre gar nicht so schlecht, so eine Tür zu finden. Ich arbeite gerade daran, ein Programm zu schreiben, das die alten Programme systematisch nach Datumszugriffen untersuchen soll. Leider ist die Software häufig in so vielen verschiedenen Versionen auf dem Markt, dass es schwierig ist zu bestimmen, wonach eigentlich gesucht werden soll. Wenn ich durch die Tür des Wissens gehen könnte, hätte ich das Problem gelöst und könnte damit vermutlich richtig reich werden. Das wär doch was, oder?"

"Um ehrlich zu sein, ist mir lieber, dich in Fleisch und Blut neben mir zu haben. Es würde mir wohl nicht

genügen einen elektronischen Abklatsch von dir auf
dem Monitor zu betrachten."

"Ja, das ist mir allerdings auch viel lieber. Wahrscheinlich hätte ich als Compi-Version keine Chance,
noch jemals deine kleinen Fältchen um die Augen zu
berühren. Aber im Ernst, es wäre schon schön, wenn
ich ein Stück weiterkommen würde. Wenn es mir tatsächlich gelingen könnte, ein solches Programm zu
entwickeln, könnte ich es an alle möglichen Riesen-
Unternehmen verkaufen. Die könnten es durch ihre
Systeme durchlaufen lassen - und peng. Erledigt. Alles
geprüft. Jetzt müssen sämtliche Programme quasi von
Hand gecheckt werden, ob sie den Datumswechsel
überstehen. Und wenn auch nur ein kleines Unterpro-
gramm übersehen wird, kann es eine ganze große An-
lage beziehungsweise die Daten darin zerstören. Aber
es könnte ja auch Vorteile haben", spinnt Bill ein
bisschen rum. "Stell dir vor, der Versicherungscom-
puter liest die 00 als 1900 und du kriegst ein Schreiben, in dem sie sich entschuldigen, dass sie deine Lebensversicherung noch nicht ausgezahlt haben, obwohl
du ja schließlich bereits 128 Jahre alt bist. Oder noch
besser, sie überweisen die Kohle sofort. Dann weißt
du auf jeden Fall, wie du deine nächste Reise finanzieren kannst. Und ich komme mit, falls du mich mit-
nimmst."

"Hey, das hört sich gut an. Klar nehme ich dich mit,
aber du musst schon versprechen, dass du brav bist",
lacht Phil. "Oh, wow, und einen supertollen Laptop
inklusive Mobile Phone könnten wir uns dann auch
leisten. Ach ja, das klingt schon sehr verlockend!"

***

Im Kinderzimmer herrscht wie immer große Unord-
nung und Hektik. Lena rennt von einem Kleiderstapel

zum anderen und versucht, eine passende Kombination aus schlabberiger Jeans und Kapuzenshirt zu finden, die unter den strengen Augen ihrer Mutter Bestand haben. Immer wenn Volker, Lenas Vater, anrückt, um sie abzuholen, legt sich eine nervöse Gereiztheit auf die eher gutmütige und freundliche Art ihrer Mutter. Normalerweise ist es Maria eher egal, was Lena anzieht, es sollte nicht zu unordentlich oder schlampig aussehen. Da Maria selber auch nicht sonderlich viel Aufmerksamkeit auf ihre Gardrobe verschwendet legt sie bei Lena auch eher niedrig Maßstäbe an. Nicht so, wenn sich Volker angemeldet hat. Zum Tag der Deutschen Einheit hatte sich Volker seiner Vaterpflichten erinnert und Lena eingeladen, mit ihm nach Babelsberg zu fahren. Sehr zu Marias Verdruss hatte Lena auch sofort begeistert zugesagt, ohne die normale gelangweilte Miene und den üblichen Überredungsspielchen, die Maria sonst anwenden muss. Seit zwei Tagen war von nichts anderen mehr die Rede und seit heute Morgen um acht Uhr war Lena damit beschäftigt, ihre Sachen zu packen, sich an und umzuziehen und sie zuzuquatschen.

"Soll ich meine Regenjacke überziehen? Paps vergisst doch immer einen Regenschirm!"

Maria dreht sich genervt um und unterdrückt eine spitze Bemerkung. Sie weiß ja, dass sie ihren Ärger über Volkers unzuverlässiges Verhalten nicht an Lena auslassen darf. Aber dass sich Lena immer so riesig über die Ausflüge mit ihrem Vater freut, während sie zu allen Vorschlägen von Maria nur die Nase rümpft, kränkt sie doch mehr, als sie sich eingestehen will. Hoffentlich kommt Volker bald und sie kann sich erst mal wieder etwas entspannen. Sie darf gar nicht dran denken, was hier los sein wird, wenn er, wie ja so oft, plötzlich die Verabredung absagt. Arme Lena! Obwohl, eigentlich tut sie sich dann selbst am meisten leid, denn sie muss dann Lenas schlechte Laune ertragen. Maria schaut, die Tasse Kaffee schon am Mund, unruhig auf die Küchenuhr. Kurz nach drei, aber pünklich war Volker ja noch nie gewesen. Lena sitzt bereits fertig angezogen, mit ihrem Rucksack und dem neusten Comic-Heft in der Hand im Flur und starrt auf ihre Armbanduhr.

"Mami, ich glaube, meine Uhr geht vor! Wie spät ist es denn in der Küche?"

Lenas Stimme klingt besorgt. Maria seufzt und holt tief Luft, um ihrer Stimme den Ärger etwas zu nehmen.

"Du weißt doch, Schatz, dass Volker immer zu spät kommt. Warte noch etwas."

Maria geht in den Flur und lehnt sich an die Küchentür. Sie versucht, Lena durch ein Gespräch über die geplanten Weihnachtsferien bei ihrem Opa abzulenken.

"Ich werde gleich mal Jacob anrufen. Du kannst doch schon mal alleine zu ihm fahren und ich komme dann später nach. Opi würde sich sehr freuen."

Gerade als Lena zustimmend nickt, schrillt die Türklingel laut auf. Wie von einer Tarantel gestochen springt Lena auf und rennt zur Tür.

"Paps! Ich bin schon fertig! Wir können sofort los, ich habe das neue Lara Comic dabei, kennst du das? Können wir auch in das U-Boot ..."

Noch bevor Volker ganz im Flur steht, stürzt sich Lena in seine Arme und überschüttet ihn mit Fragen.

Maria dreht sich genervt etwas zur Seite und murmelt ein: "Tag, wie geht's denn so?"

Volker wirbelt Lena ein paar mal im Kreis und strahlt übers ganze Gesicht.

"Hallo, meine kleine Maus. Du bist ja noch schöner geworden. Ich freu mich ja so! Einen ganzen Tag nur für uns!"

Lena lacht laut auf und sagt, mit einem fragenden Blick zu Maria gewandt: "Ich darf auch bis zehn wegbleiben!"

Volker legt Lena seinen Arm um die Schulter, nimmt den Rucksack und dreht sich zu Maria.

"Hallo, Maria, du siehst müde aus. Was willst du denn heute mit deinem freien Tag machen? Triffst du dich mit einen netten jungen Mann?"

Maria verzieht leicht angewidert den Mund, reißt sich aber noch mal zusammen und sagt in einem freundlichen Ton: "Ihr könnt so lange bleiben wie ihr wollt! Lena muss Montag erst zur Dritten zur Schule. Ich bin ab zehn wieder da, also amüsiert euch gut."

Volker schaut etwas verlegen von Lena zu Maria. "Eigentlich habe ich noch eine Verabredung, ich dachte Lena muss schon um acht ..."

Maria strahlt ihn munter an und mit einem leicht spöttischen Unterton sagt sie: "Du kannst gleich von hier aus deine Verabredung absagen, und Lena, du gehst am besten noch mal auf Klo!"

Lena sieht Volker bittend an, geht aber brav aufs Klo. Während Lena weg ist, sieht Maria Volker herausfordernd an, aber beide sagen kein Wort. Kaum ist Lena wieder da schiebt Volker sie zur Tür und halb zu

Maria gewandt sagt er: "Kein Problem, meine Verabredung ist nicht so wichtig. Ich bin viel lieber mit meiner kleinen Tochter zusammen. Wir kommen dann so gegen halb elf wieder. Bis dann."

Nachdem Maria die Küche aufgeräumt hat, Lenas Chaos beseitigt und sich erst mal mit drei Zigaretten beruhigt hat, setzt sie sich ins Wohnzimmer und greift zum Telefonhörer. Sie wählt Jacobs Nummer und überlegt, ob sie sich mal wieder bei ihrem Vater über Volker aufregen sollte. Schon nach dem dritten Klingeln hört sie die tiefe Stimme ihres Vaters.

"Onken, wer spricht da bitte?"

Aus Maria sprudelt es förmlich heraus: "Jacob, ich bin's. Wie geht's dir denn? Gerade war Volker hier, um Lena abzuholen. Immer das Gleiche, er macht großartige Versprechungen und am Ende kommt nix bei rum. Ich verstehe gar nicht, warum Lena das nicht durchschaut, sie ist doch sonst nicht so blöde?"

Jacob nutzt die Sekunde, in der Maria an ihrer Zigarette zieht, um Marias Redeschwall zu durchbrechen.

"Mir geht's ganz gut und bei euch scheint alles wie immer zu sein."

Maria, so abrupt am Sprechen gehindert, muss anfangen zu lachen.

"Ist schon gut - ich hab's kapiert! Moin Paps. Tut mir Leid, ich wollte dich nicht –ach - also wie geht's dir?"

Jacob muss nun auch lachen, seine Tochter kommt ganz nach Charlotte, seiner verstorbenen Frau. Sie hatte sich auch immer sofort alles von der Seele reden müssen. Dabei war sie schnell mal übers Ziel hinausgeschossen, hatte Dinge gesagt, die sie oftmals gar nicht so gemeint hatte. Aber genau so schnell, wie sie sich über irgendetwas aufregen konnte, hatte Charlotte auch wieder ihren Ärger vergessen. Ja, und auch Maria kann den Menschen, die ihr nahe stehen, gut verzeihen.

"Hey, hörst du mir eigentlich zu?"

Marias Frage reißt ihn aus seinen Gedanken.

"Ja, natürlich! Was hast du gerade gesagt?"

Maria seufzt laut: "Ich weiß noch nicht genau, ob ich Silvester frei bekomme. Es war mir ja schon zugesagt, aber jetzt sind alle Urlaubsanträge plötzlich zurückgenommen worden und werden neu entschieden. Aber Lena will auf jeden Fall über Weihnachten zu dir. Und ich gehe davon aus, dass ich Silvester frei bekomme, ich stehe ganz oben auf der Liste!!"

Jacob fragt besorgt nach dem Grund für diese plötzlichen Querelen.

"Ach, das weiß keine so genau. Es gibt so Gerüchte über Notfallpläne für Silvester und die müssen vorher mit Weihnachten abgeglichen werden. Aber was weiß ich? Vielleicht haben die auch wieder mal Schei.., ähm ..., irgendwas falsch gemacht. Ich wollte fragen ob Lena auch erst mal alleine zu dir kann. Sie könnte ja schon am Donnerstag zu dir fahren und ich komme dann nach."

Jacobs Misstrauen ist aber bereits geweckt:

"Was für Notfallpläne gibt es denn bei euch? Wegen der Datumsumstellung? Arbeitet ihr mit dem Katastrophenschutz zusammen? Was ist mit Volker, der ist doch Reservist, oder?"

Maria bereut bereits, das Thema angesprochen zu haben. Sie hätte aber auch dran denken müssen, dass ihr Vater bei diesem Thema sofort das Schlimmste befürchtet. Bereits Anfang des Jahres, als noch kein Mensch über möglichen Gefahren zum Jahreswechsel gesprochen hatte, war Jacob nachdenklich geworden und hatte Informationen über die Vorbereitungen der Bundeswehr gesammelt. Sein Lieblingsthema ist der Einsatz von Soldaten bei zivilen Katastrophen. Zum Glück gibt es noch keinerlei Meldungen über derartige Pläne hier in Deutschland. Dafür hat Jacob über die kanadische Militärführung gelesen. Dort gibt es genau solche Pläne. Reservisten und 30 000 Soldaten sollen im Notfall die, so hat es Jacob formuliert, ‚Macht‘ übernehmen. Seiner Meinung nach ginge es nicht nur um die Leitung von Lazaretten und Notunterkünften oder die Sicherung der Regierung. Nein! Jacob befürchtet wieder mal das Schlimmste. Machtmissbrauch von Soldaten. Sobald ein Notstand ausgerufen würde, seien Soldaten befugt, auf Zivilisten zu schießen, das nennt man Schießbefehl . Das ist die größte Angst ihres Vaters. Irgendwie kann sie ihn ja verstehen. Was Jacob vom Zweiten Weltkrieg erzählt, aber auch all die Militäreinsätze überall in der Welt in den letzten Jahren, schien seine Ängste zu bestätigen. Aber in Bezug auf Silvester ist das nun wirklich übertrieben! Wie kann sie ihn jetzt wieder auf ein anderes Thema bringen?

"Ich habe es doch schon letztes Jahr gesagt! Seit dieser Überschwemmung ist das Ansehen der deutschen Soldaten stark gestiegen. Kein Mensch wagt jetzt noch, irgendetwas Schlechtes über unsere ‚Jungs' zu sagen. Aber Maria, das sind Soldaten! Mein Gott, wie kann man das vergessen? Diese Männer lernen das Töten. Die haben Prioritätenlisten im Kopf. Wusstest du, dass es drei Kategorien von Verletzten gibt? Nur die leicht Verletzten, die mit Aussicht auf Heilung, werden noch gerettet. Da geht es nur noch um das Ausführen von Befehlen - was zuerst stirbt im Krieg ist die Menschlichkeit! Bei der NATO gibt es ein Y2K-Büro, das ist für die Steuerung und Überwachung von Maßnahmen zuständig. In den USA gibt es Prognosen, dass die Verteidigungssysteme der Streitkräfte ausfallen werden. Und ..."

"Jacob, nun mach mal halblang!" Marias Stimme schneidet laut und entschieden das von Jacob entworfene Horrorszenario ab. "Ich verstehe kein Wort mehr von dem, was du sagst. Es geht um einen Notfallplan für unser Krankenhaus! Mehr nicht. Die gibt es auch bei anderen Anlässen. Das hat nix mit der Bundeswehr oder der US-amerikanischen Verteidigungsstrategie zu tun!"

Jacob gibt darauf etwas weniger bestimmt zu bedenken: "Ich sag ja nicht, dass du als Krankenschwester da gleich mitmachen musst, aber hast du mal nachgefragt, was deine Leitung dazu sagt? Und warum wird die Öffentlichkeit nicht informiert?"

Maria seufze erneut.

"Ich habe mich noch nicht erkundigt. Ich habe eh schon genug um die Ohren. Ich will das auch alles gar nicht wissen. Was kann ich denn schon machen?"

Jacobs Stimme wird wieder lauter: "Maria, natürlich kannst du was tun! Aber zuerst musst du wissen, was da vor sich geht. Nichtwissen ist niemals ein Argument! Ich war damals ja noch ein Kind. Bei Kriegsende war ich - lass mich mal überlegen - so alt wie Lena. Aber auch ich wusste von den Transporten! Mein Vater hat es doch auch gewusst und als Soldat war er am Krieg beteiligt. Er hat nichts gegen all das Leid unternommen. Ich war noch klein, musste alles mit ansehen und konnte nur hoffen, dass es aufhören wird. Ich will nicht, dass Lena das auch durchmachen muss! Dieses Chaos und der Verlust von Menschlichkeit. Bei uns hängt doch alles von der Technik ab, wenn die in diesem Maße ausfällt - das kann doch nur in einer Katastrophe enden."

"Aber Papa, was um Himmels willen hat das mit einem Notfallplan zu tun?"

Maria greift genervt zur Zigarettenschachtel, zündet sich eine weitere Zigarette an und versucht, sich ihren Unmut nicht all zu sehr anmerken zu lassen. Während ihr Vater weiterspricht, spielt sie nervös mit dem Telefonkabel und überlegt krampfhaft wie sie ihren Vater wieder von seinen Horrorbildern wegbekommt.

"Es geht doch darum, sich mal Gedanken über die Zusammenhänge zu machen! Deine Krankenhausleitung macht doch sonst zu Silvester nicht so einen Wirbel, oder? Nicht nur die Krankenhäuser sondern auch der Bundesgrenzschutz und die Bundeswehr, ja, auch Feuerwehr und Polizei sind in Alarmbereitschaft. Und wie gesagt, in den USA und in Kanada laufen die Vorbereitung auf Hochtouren. Ich denke, dass die Befürchtung, das Stromnetz könnte zusammenbrechen, noch die harmloseste Gefahr ist. Kannst du dich noch daran

erinnern, wie wir gegen das amerikanische Frühwarnsystem demonstriert haben?"
Maria murmelt ein unverständliches - nein, wie könnte
ich - und hört weiter schweigend zu.
"Damals ging es uns um die Gefahr eines auf einen
atomaren Erstschlag folgenden automatischen Rück-
schlags. Das würde nicht nur den dritten Weltkrieg
auslösen, sondern die weitgehende Vernichtung Euro-
pas nach sich ziehen. Das Unglaublich daran ist doch,
dass, sobald das Frühwarnsystem eine gegnerische
Rakete wahrnimmt, ein Gegenschlag ausgelöst wird!
Wir reden hier über Atomraketen! Was nach einem
atomaren Abwurf passiert, haben wir in Japan gesehen.
Heute sind die Raketen um ein Dutzendfaches stärker.
Wie, glaubst du, funktionieren diese Abwehrsysteme?
Die sind alle computergesteuert, zum Teil noch über
Satelliten gesteuert. Kein Mensch kann mehr überprüfen, ob das alles die Datumsumstellung mitmacht. Gut,
die Amis sind schon seit Jahren dabei das zu überprüfen, aber auch die sagen, dass es sich zum Teil um alte
Systeme handelt, deren Sprache heute keiner mehr
kennt. Russland hat, glaube ich, noch nicht mal begriffen welche Dimensionen das Ganze hat. Die russischen
Systeme stammen noch von alten IBM-Rechnern aus
den 70ern und wurden mit einheimischen Bausteinen
erweitert. Denk mal an die Pannen im Weltraum, das
waren ähnliche Systeme. Viele der Computer-
Fachleute sind in den letzten Jahren in den Westen
gegangen und außerdem haben die dort ganz andere
Probleme, als sich um die Computer zu kümmern. Die
haben gar nicht die Mittel. Bei uns werden die Kosten
für die Untersuchung und Umstellung der Computersy-
steme, die die Landesverteidigung betreffen auf 122
Millionen DM geschätzt. Und das betrifft noch nicht
mal die Waffensysteme. Verstehst du, was das alles
heißt? Stell dir vor, ein Computer hat eine Falschmel-

dung und löst das Frühwarnsystem aus. Wie soll das kontrolliert werden? Wie soll dann ein Rückschlag verhindert werden? Mir ist völlig egal, welcher Rechner verrückt spielt - ich glaube, das Ergebnis wird das Gleiche sein. Sobald die erste Atomrakete gezündet wird - ach was - sobald die erste *vermeintlich* gezündet worden ist, haben wir den Ausnahmezustand und das heißt Kriegsrecht und dritter Weltkrieg!"

Die letzten Worte bringt Jacob nur noch mühsam heraus. Maria versucht einen verständnisvollen Ton anzuschlagen.

"Papa, ich weiß doch, wie sehr dich das alles beunruhigt. Es hilft doch nicht, wenn du dich in Spekulationen reinsteigerst. Das Meiste ist doch Panikmache und viel zu übertrieben. Ich werde mich im Krankenhaus erkundigen - ich verspreche es dir. Und komme was wolle, wir werden gemeinsam Silvester verbringen, ich lass dich nicht alleine, zur Not musst du mit Lena alleine Weihnachten verbringen. Aber Silvester feiern wir dann alle zusammen! Und noch was, hör auf, dir diese Schreckensmeldungen durchzulesen! Diese Panik macht dich noch ganz krank."

Jacob stimmt seiner Tochter widerwillig zu, äußert noch einige Bedenken, um sich dann einigermaßen beruhigt zu verabschieden. Maria bleibt doch einige Minuten nachdenklich auf dem Sofa sitzen. Und wenn ihr Vater doch recht hat? Sie hat sich immer in erster Linie um ihre Patienten gekümmert. Sobald die Pflege in Gefahr war, war sie zusammen mit Carolyn und Kerstin auf die Barrikaden gesprungen. Sie hatten auch einiges erreicht und immer hatten sie es zumindest versucht. Aber diese Computerprobleme waren einfach so schwierig zu begreifen, sie versteht die Zusammenhänge nicht und kann sich nicht im Mindesten vorstellen was alles betroffen sein könnte. Sie starrt noch immer das Telefon an und versucht, die nun in ihr aufkommenden Zweifel zu verjagen.

***

„Mishel? Wo ist denn der Ingwer abgeblieben? Ich kann ihn nirgendwo finden", ruft Paul aus der Küche Richtung Arbeitszimmer, nachdem er alle möglichen Regale abgesucht hat. Da er keine Antwort erhält, geht er in Mishels Arbeitszimmer. Einen kurzen Moment bleibt Paul im Türrahmen stehen und betrachtet die Szenerie.

Eine Wand des kleinen Zimmers ist mit Bücherregalen bis zur Decke ausgefüllt. Schräg gegenüber steht direkt vor dem Fenster der wunderschöne alte Schreibtisch, der noch von Mishels Uroma stammt. Die Designer-Schreibtischlampe, die dazu einen echten Stilbruch bildet, ist im Moment die einzige Lichtquelle in dem fast dunklen Zimmer. Das punktuelle Licht erleuchtet lediglich den Schreibtisch und die nähere Umgebung, die beide mit Papieren und Büchern übersät sind. Dass das Zimmer in einem warmen Orangeton gestrichen ist und an der Stirnseite ein großes Repro von Klimts ‚Der Kuss' hängt, kann man jetzt nicht erkennen. Lediglich der vor sich hin trocknende Fikus-Benjamini neben dem Schreibtisch wird noch von dem Licht erfasst.

Wie in einer Bibliothek sieht es hier aus, denkt Paul wieder einmal. Er hatte Mishel schon oft gefragt, warum sie das Zimmer nicht mit ein wenig mehr persönlichem Schnickschnack einrichtet, aber immer nur zur Antwort bekommen, dass sie die Funktionalität des Raums braucht, um nicht ständig vom Arbeiten abgelenkt zu werden.

Paul mag diesen Raum nicht besonders. Für ihn ist es unvorstellbar, wie jemand tagein tagaus nur über Bücher gebeugt dasitzen kann, während das einzige Ergebnis dann hunderte von Seiten bedruckten Papiers sind. Das ist doch keine Arbeit.

Für ihn ist Arbeit, wenn er abends verschwitzt und dreckig nach Hause kommt, den ganzen Tag in der Werkstatt Kulissen gebaut hat und später sein Werk in Fernseh- oder Kinofilmen anschauen kann. Da hat man doch etwas Reales, etwas zum anfassen. Viele Menschen können es dann ansehen und bewundern. Ja, das ist ein wichtiger Punkt bei seiner Arbeit. Auch wenn nachher alles wieder abgerissen wird und die Einzelteile für die nächste Produktion neu zusammengesetzt wieder verwendet werden. Der Gedanke, das Ergebnis seiner Arbeit würde in einer Bibliothek verstauben, da es sowieso niemanden interessiert, ist ihm ein Graus.

Vielleicht mag er deshalb das Zimmer nicht. Vielleicht mag er es aber auch deshalb nicht, weil er nicht verstehen kann, dass sich Mishel mit solch einer Begeisterung an die Erforschung der letzten Jahrtausendwende macht. Wen interessiert das schon? Und für wen hat das irgendwelchen Nutzen?

Aber irgendwas muss ja da dran sein, denkt Paul, als er Mishel am Computer sitzend betrachtet. Die steile Stirnfalte und der vorgebeugte Oberkörper lassen darauf schließen, dass sie tief versunken ist im letzten Jahrtausend.

Vorsichtig legt er ihr von hinten die Arme um die Schultern und flüstert leise: „Mishel?"

Sofort spannt sich ihr Körper: „Was?!"

„Ich kann den Ingwer nicht finden. Und ohne diesen schmeckt die gebratene Ente einfach nicht richtig chinesisch." Durch die unliebsame Unterbrechung leicht gereizt, erklärt Mishel: „Wenn du öfter zu Hause wärst und nicht nur alle Jubeljahre mal kochen würdest, wüsstest du, dass er in der Kiste unten im Schrank steht. Du musst einfach mal die Augen richtig aufmachen und dich eventuell auch mal bücken!"

Auf Grund ihres Tonfalls erschrocken, lässt er Mishel los und stellt sich mit verschränkten Armen neben sie: „Was ist denn mit dir los? Es tut mir ja leid, dass ich nicht so viel zu Hause bin, aber ich werde ja wohl mal eine Frage stellen dürfen, wenn ich dein Lieblingsessen koche."

„Das Problem ist ja wohl eher, dass du mich immer mit einspannst, wenn du hier etwas machst. Du bist doch ein erwachsener Mann und wirst dir vielleicht selbst zu helfen wissen. Deine Arbeit kriegst du ja auch blendend alleine auf die Reihe, nur zu Hause stellst du dich an wie ein kleines Kind."

Die Brille in der Hand und die Brauen bedrohlich zusammengezogen, blickt sie zu ihm auf: „Denn damit bringst du mich immer wieder völlig aus meinen Gedankengängen raus. Es ist nicht so wie beim Tischlern, wo man kurz mal eine Pause machen kann. Ich muss mich konzentrieren und es dauert dann wieder seine Zeit, bis ich wieder richtig in der Materie drin bin."

Paul lehnt sich an die Schreibtischkante und entgegnet trotzig: „Wir hätten ja auch zusammen kochen können. Schließlich ist heute Feiertag und außerdem Sonntag."

„Paul! Es reicht! Deine Arbeit macht schließlich auch nicht vor irgendwelchen Wochentagen halt. Und nur, weil du heute mal zufällig nicht arbeiten musst, soll ich mich wieder einmal nach dir richten", böse funkeln ihre Augen ihn an, „ich hatte dich gebeten, mich drei Stunden arbeiten zu lassen! Immerhin bin ich dir zuliebe gestern mit auf diese blöde Party gegangen, habe mich sogar mit dieser unmöglichen Freundin deines Rugby-Kumpels Bill unterhalten und folglich heute kaum etwas tun können."

Seufzend steht Paul auf und tritt ans Fenster: „Also ehrlich. So schlimm war es ja nun auch wieder nicht.

Ganz im Gegenteil. Ich fand die Party wirklich ganz lustig. Diese Freundin von Bill ... wie hieß sie doch gleich? ... Philippine! Was für ein witziger Name! ... ist doch echt eine schräge Nummer mit ihren Bärchenklips und dem grellgrünen Minirock über den giftgrünen Leggings. Ist doch mal was anderes. Außerdem ist Bill offensichtlich ganz schön verknallt in sie. Und schöne Beine hat sie auch."

"Worauf du wieder achtest!" faucht Mishel, während sie die Datei abspeichert und die Brille wieder aufsetzt, „unterhalten hast du dich ja anscheinend nicht mit ihr! Dazu warst du ja auch viel zu betrunken. Aber da passt du gut in die Runde rein. Die saufen ja alle so viel, sogar die Frauen. Dann prollen sie rum und erzählen nur noch dummes Zeug. Ich versteh nicht, was daran so toll sein soll."

Paul wendet sich vom Fenster ab, stützt sich auf die Schreibtischplatte und beugt sich zu Mishel herüber: "Ich weiß, ich weiß. Du findest nur hoch intellektuelle Diskussionen interessant, wo sich jeder so richtig mit seinem Wissen profilieren kann und auf gar keinen Fall gelacht werden darf", beleidigt wendet er sich zum Gehen ab, „meine Freunde sind ja unter deinem Niveau. Du hättest ja nicht mitkommen brauchen, wenn es für dich so ein Opfer ist. Das nächste Mal gehe ich wohl lieber alleine."

Als Paul den Raum verlassen hat, lehnt sich Mishel in ihrem Schreibtischstuhl zurück. Betrübt schaut sie zu den dunklen schweren Wolken am abendlichen Himmel, die durch den Sturm rasend schnell vorbeiziehen und vermutlich bald Regen bringen werden.

Es ist immer dasselbe, überlegt Mishel resigniert. Auf den Parties ihrer Freunde, wo bei einem guten Wein anregende Diskussionen über alle möglichen interessanten Themen stattfinden, sitzt Paul den ganzen Abend in der Ecke und zieht einen Flunsch. Er gibt sich auch gar keine Mühe, mit den anderen ins Gespräch zu kommen. Er kippt den Wein wie Bier runter, und wenn er dann betrunken ist, krakelt er dummes Zeug, so dass sie mit ihm schnell die Party verlässt, bevor es ganz peinlich wird. Die Partys seiner Freunde sind für gewöhnlich so wie die gestern. Es wird viel Bier getrunken, small-talk gehalten und viele, ach so komische, Anekdoten erzählt.

Ich gebe mir wenigstens Mühe mit den Leuten. Aber diese Phil war echt die Höhe. Macht das Bier wie ein Bauarbeiter mit dem Feuerzeug auf und pustet mir ständig den Qualm ihrer stinkenden selbstgedrehten Zigaretten ins Gesicht, angewidert verzieht Mishel bei dieser Erinnerung das Gesicht, und dann versucht sie auch noch, intelligent zu sein: Jaja, so eine Jahrtausendwende sei schon eine spannende Sache. Ob die Leute damals auch so eine Angst davor gehabt hätten, wollte sie wissen. Und welcher Art die apokalyptischen Vorstellungen gewesen sind. Was weiß die denn schon davon, mit ihrem Gelaber vom Y2K ... was war das doch gleich? Ach ja: Year two thousand. So ein Modewort. Damals hat auch niemand vom Y1K oder year one thousand gesprochen. Diese neumodischen Albernheiten. Und dann ihr Geplapper von den damit verbundenen Problemen: die Computer könnten ausfallen und möglicherweise würde nichts mehr funktionieren. Das ist doch echt total übertrieben. Nur gut, dass Barbara dann gekommen ist und sie von diesem langweiligen Thema befreit hat.

Im Hintergrund hört Mishel, wie Paul in der Küche mit den Töpfen klappert.

Nächstes Mal bleibe ich wohl doch besser zu Hause. Dann gibt es am nächsten Tag nicht wieder so einen Ärger wie heute.

Mishel löst den Blick vom Abendhimmel und wendet sich wieder ihrem Computerbildschirm zu.

„Das Essen ist fertig", ruft Paul aus der Küche.

Leicht widerstrebend beendet Mishel den geschriebenen Satz, speichert die Datei ab, schaltet den Computer aus und geht in die Küche. Diese ist durch die vielen Kerzen auf dem Tisch und der Fensterbank in ein warmes, gemütliches Licht getaucht. Paul hat sogar die bunte Tischdecke mit den dazu passenden Stoffservietten von seiner Mutter aufgelegt. Die Schalen mit dem Gemüse und dem Reis stehen bereits auf dem Tisch. In der Mitte thront die Platte mit in Scheiben geschnittener Entenbrust.

Okay, denkt Mishel und atmet tief durch, dies scheint wohl ein Friedensangebot zu sein. Vergessen wir die Party und diesen blöden Streit.

Paul gießt den Rotwein gerade in die Gläser, als Mishel zu ihm geht und ihm einen Kuss auf die Nase gibt: „Das sieht ja wirklich wie ein Festmahl aus, und wie das duftet."

Während sie anfangen zu essen, fragt Paul: „Hast du eigentlich schon mal darüber nachgedacht, was wir Silvester machen? Es sind nämlich nur noch knapp 3 Monate und außerdem ist es dieses Jahr schließlich etwas ganz Besonderes? Wollen wir nicht mal endlich zusammen wegfahren?"

„So viele Fragen auf einmal", antwortet Mishel und lächelt ihn an, „nein, ich habe noch nicht darüber nachgedacht, und ja, ich würde gerne mit dir wegfahren. Aber wohin?"

„Wie wäre es mit einer Fernreise", schlägt Paul vor und beugt sich grinsend zu ihr herüber, „wir hatten dieses Jahr wirklich ein gutes Jahr in der Firma. Es läuft hervorragend. Wie wäre es mit den Chattham Islands?"

„Den was?" fragt Mishel zwischen zwei Schlucken Wein, „wo sind die denn?"

„Das ist eine kleine Inselgruppe im Pazifik, 400 See-
meilen östlich von Neuseeland. Auf der Insel so groß
wie Berlin leben nur 750 Fischer und Farmer. Dort
werden die ersten Sonnenstrahlen des neuen Jahrtausends zu sehen sein. Stell dir das vor: wir werden mit
die Ersten sein, während hier in Berlin immer noch
das alte Jahr ist! Ist das nicht verrückt?" Begeistert
lehnt sich Paul in seinem Stuhl zurück.
„Es gibt da nur ein kleines Problem", mit gespielter
Besorgnis sieht er Mishel an, „zurzeit streiten sich
noch die Fachleute darüber, ob nicht die Insel Tonga
die ersten Sonnenstrahlen abkriegen wird. Der Ho-
norarkonsul des Königreichs Tonga hat geschrieben,
dass Tonga darauf besteht, ‚the country were the New
Millennium begins' zu sein. Es tobt ein regelrechter
Krieg darüber, wer die Ersten sein werden."
„Ach, weißt du, das wäre mir eigentlich ziemlich
egal", zärtlich nimmt Mishel Pauls Hand, „wenn wir
nur zusammen am Strand sitzen könnten, mit einer
guten Flasche Champus, und die Sonne aufgehen sehen
würden. Dafür nehme ich auch den zweiten Sonnen-
strahl des neuen Jahrtausends in Kauf. Die Frage ist
nur, wie werden wir die Silvesternacht verbringen?"
„Da hast du mit deinem analytischen Verstand mal
wieder direkt ins Schwarze getroffen. Die Chattham
Islands sind nämlich ziemlich klein und eigentlich ist
da auch völlig tote Hose. Touristen gibt es für gewöhnlich auch nur sehr wenige. Denn die tobenden
Westwinde, die meterhohe Wellen gegen die Insel
treiben, sind berüchtigt für die Gegend. Außerdem ist
zu befürchten, dass wir nicht die Morgenröte eines
neuen Zeitalters sehen, sondern den üblichen wolken-
verhangenen Himmel und Regenschauer erleben. Die
Inselverantwortlichen versuchen zwar, ein angemesse-
nes Millennium-Programm zusammenzustellen, aber da
nicht klar ist, ob sie wirklich die ersten sind, haben

sie Probleme, Sponsoren zu finden. Es könnte also sein, dass keine richtig große Feier mit allem drum und dran stattfindet. "

„Das finde ich eigentlich nicht so schlimm. Auch wenn wir es dann nur gemütlich haben, ist es doch schon fantastisch zu wissen, dass wir die Ersten – naja, oder Zweiten – sind, die das neue Jahr begrüßen", wendet Mishel ein.

„Für dich als Historikerin wäre es bestimmt auch spannend, wenn wir Silvester in Samoa wären. Dort wird Silvester um halb sieben Ortzeit, wenn hier schon Neujahrsmorgen ist, die Sonne der alten Zeit schlussendlich im Meer versinken", witzelt Paul.

„Aber ansonsten, ich weiß nicht", murmelt er weiter mit Gemüse im Mund, „ich hätte schon gerne eine große Millennium-Party. Schließlich erleben wir sowas nur einmal. Hätten wir mehr Geld, das heißt wenn wir richtig, richtig reich wären", seufzt er, „könnten wir richtig irre Sachen machen. Wir könnten zum Beispiel in Lappland das Santa Claus Festival miterleben. Dort treten in einer Kulisse aus Schnee und Eis Wahrsager, Kobolde, Sagengestalten und Ski-Akrobaten auf. Wärmer ist es natürlich in Afrika. Wir könnten von Johannesburg aus einen Rundflug mitmachen und das Silvesterdinner in der Namib-Wüste einnehmen mit Blick auf das Kreuz des Südens. Apropos Süden: wir könnten auch eine Kreuzfahrt durch die Antarktis mit unendlicher Stille und unberührter Natur machen. Da hätten wir dann auch nicht das Problem mit Sonnenauf- oder –untergang, denn dort ist ja dann Hochsommer, so dass es immer heller Tag ist. Wir wüssten dann folglich gar nicht, wann das neue Jahr beginnt", kichert Paul bei dieser Vorstellung, „nicht so toll fände ich allerdings die Idee, Silvester auf dem Flugzeugträger U.S.S. Lexington zu verbringen. Oder in den Appalachen in West Virginia. Dort bietet einer für die Flüchtenden der Feiern Wohnwagen-Stellplätze an – für 5.000 Dollar Miete. Am tollsten fände ich es, mit der Concorde erst Silvester in Australien in Sydney zu erleben, dann nach London zum Trafalgar Square zu düsen und zum Abschluss in New York am Times Square zu feiern. Wir könnten sozusagen dreimal ein und dasselbe Silvester erleben. Das wäre doch völlig geil. An all diesen Orten werden nämlich richtig tolle Veranstaltungen sein."

„Du bist ja verrückt", lacht Mishel, „das wäre ja der reinste Millennium-Tourismus. Nachher weißt du dann gar nicht mehr, wo du welche Feier erlebt hast. Du wirst alles durcheinander bringen. Außerdem wärst du nur in Zeitdruck, um nur nicht das andere Silvester zu verpassen, so dass du dich gar nicht entspannen und feiern kannst."

„Vermutlich hast du recht", überlegt Paul, während er noch mal Wein nachschenkt, „wir könnten uns also für einen Ort entscheiden. Zum Beispiel New York oder London. Ich glaube, die werden die größten Feiern haben. Es werden Millionen von Besuchern erwartet."

„Aber noch schöner fände ich Sydney", schwärmt Mishel, „da ist nämlich dann Sommer. Wir könnten in Shorts rumlaufen und am Strand feiern. Außerdem hätten wir dann morgens auch einen Millennium-Sonnenaufgang – zwar nicht als Erste, aber doch ziemlich nah dran!"

„Auch nicht schlecht. Nach Australien wollten wir doch sowieso schon immer mal", stimmt Paul ihr zu, „hmm, andererseits werden vermutlich schon alle Flüge und Hotels ausgebucht sein."

„Ohhh, nein", protestiert Mishel mit gespieltem Entsetzen, „sag bitte, bitte nicht, wir müssen Silvester in diesem hässlich kalten Berlin verbringen!"

„Nein, nein, mein Kind", witzelt Paul während er zu Mishel rübergeht und sie in seine Arme zieht, „lass

Onkel Paule mal machen. Wir werden schon was Schönes für uns beide Hübschen finden. Du wirst sehen, es wird ein unvergleichliches Silvester werden."
Zärtlich küsst er Mishel, hebt sie hoch und trägt sie ins Schlafzimmer.

3. Kapitel

Montag, 15. November 1999

Der kleine Raum ist völlig überheizt und es riecht nach abgestandenem kalten Zigarrenrauch. Mishel versucht möglichst flach zu atmen, damit ihr nicht schlecht wird. Das Büro von Professor Mertens, seines Zeichens berühmter Historiker für das frühe Mittelalter und Mishels Doktorvater, sieht wieder einmal aus, als wäre gerade ein Blätter- und Bücherwirbelsturm durchgefegt. Die Regale sind vom Boden bis zur Decke mit Büchern vollgestellt, die sich ebenfalls noch auf dem Fußboden stapeln. Die restliche vorhandene Fläche zieren Berge von Papier.

Die einzigen freien Plätze sind jetzt auch belegt: der Schreibtischstuhl von Professor Mertens und der Besucherstuhl, auf dem Mishel nun sitzt, beides überlebende Exemplare eines untergegangen Staates, also DDR-Schick der 70er Jahre. Mishel wundert sich nicht zum ersten Mal, wie der Mann in diesem Chaos etwas findet beziehungsweise arbeiten kann.

In dem grellen Neonröhrenlicht wirkt Professor Mertens wie eine Karikatur seiner selbst. Eigentlich ein großgewachsener Mann um die 50, mit Bierbauch und Vollbart sieht er nun aus wie ein Geier. Die Wangen wirken eingefallen, obwohl man das bei dem Vollbart nicht so richtig erkennen kann, und die dunklen Ringe unter den Augen scheinen fast schwarz zu sein.

Mishel mag überhaupt nicht daran denken, wie sie aussieht. Bei den Augenringen könnte sie bestimmt konkurrieren. Die Nacht war kurz, da sie noch lange gearbeitet hat, um für diesen Termin gut vorbereitet zu sein.

Während Professor Mertens in einem der Stapel nach ihren Unterlagen sucht, versucht Mishel ihre Nervosität zu beherrschen und blickt aus dem Fenster. Der Ausblick ist aber auch nicht gerade tröstlich, denn die große alte Linde, die im Sommer herrlich Schatten spendet, sieht nun aus wie ein Gerippe. Die kahlen, nackten Äste bewegen sich heftig im kalten Novemberwind, als wollten sie etwas greifen oder einfangen. Die Gallier würden bestimmt glauben, heute falle ihnen der Himmel auf den Kopf, so grau und trist ist dieser. Professor Mertens hat die Augenbrauen zusammengezogen und kämpft sich weiter durch die Papierstapel.

„Aha!" tönt es plötzlich durch den sonst stillen Raum, in dem nur die Regentropfen, die gegen die Fensterscheibe prasseln und das Ticken der Wanduhr zu hören ist. Mishel könnte sich jedes Mal über diese Uhr kaputtlachen, denn die Wand über der Tür ist der einzig freie Platz in diesem Büro. Ein Wecker oder eine Stehuhr würde man gar nicht wiederfinden in diesem Durcheinander.

„Da ist es ja, wer sagt es denn" freut sich Professor Mertens und hält zum Beweis die Papiere von Mishel in die Luft, „tja, in einem ordentlichen Haushalt geht halt nichts verloren!"

Mishel ist sich in diesem Fall allerdings nicht so sicher und grinst in sich hinein.

„Also, Frau van Dyck, ihr Exposé und das erste Kapitel gefallen mir sehr gut. Besonders am Anfang, das Zitat aus der Johannes-Offenbarung: 'Wenn die tausend Jahre vollendet sind, wird der Satan aus seinem Gefängnis losgelassen werden und wird ausziehen, um die Völker an den vier Enden der Erde zu verführen und sie - Gog und Magog - zum Kampf versammeln; deren Zahl ist wie der Sand am Meer. ... Da fiel Feuer vom Himmel und der verzehrte sie. Und der Teufel, der sie verführte, wurde in den Pfuhl von Feuer und Schwefel geworfen, wo schon das Tier und der falsche Prophet waren; dort werden sie gequält werden Tag und Nacht, von Ewigkeit zu Ewigkeit. ... Feige, ungläubige und verabscheuenswerte Menschen, Mörder und Unzüchtige, Zauberer und Götzendiener und alle Lügner - deren Los wird der Pfuhl sein, der mit Feuer und Schwefel brennt.'

Immer wieder schön, diese Prophezeiung zur Jahrtausendwende - vor allem so schön gruselig. Stellen Sie sich das mal vor ... Aber lassen wir das, ich schweife schon wieder ab. Jedenfalls gefällt mir dieser Einstieg sehr gut."

Mishel lehnt sich beruhigt auf ihrem Stuhl zurück.

Professor Mertens fährt fort: „Im Großen und Ganzen bin ich auch mit Ihrem Exposé zufrieden, aber ein wesentlicher Teil fehlt mir allerdings, und zwar die Vergleiche." Mishel lehnt sich schnell wieder nach vorne und verteidigt sich: „Sie meinen sicherlich, dass es nicht nur die Prophezeiung von Johannes gibt, bei dem die Welt untergeht. Wenn Sie weiter blättern auf Seite 48, dort beziehe ich mich auf Daniel aus dem Alten Testament, der seinen theologisch umstrittenen Bericht um 165 vor Christus schrieb. Dieser geht ja davon aus, dass nach dem Tag des Jüngsten Gerichts das Reich Gottes entstehen wird."

Professor Mertens hat die genannte Seite bereits gefunden und liest: „'Sieben Wochen - gemeint sind Jahrwochen, wobei jede sieben Jahre umfasst - sind verhängt über dein Volk und über deine heilige Stadt; dann wird dem Frevel eine Ende gemacht und die Sünde abgetan und die Schuld gesühnt und es wird ewige Gerechtigkeit gebracht'. Ja, das ist einer der Punkte, die ich meine. Aber andere fehlen mir dann doch. Zentral sind meiner Meinung nach die Frage der verschiedenen Zeitrechnungen und der Bezug oder Vergleich zu heute."

Er lehnt sich in seinem Stuhl zurück und blickt Mishel erwartungsvoll an.

„Bei den anderen Zeitrechnungen war ich mir nicht so sicher, ob sie für die Arbeit so relevant sind", beginnt

Mishel. „Es geht ja schließlich nicht nur um die Silvesternacht von 999 zu 1000. Ich weiß, dass man damals wahlweise das Jahr 1753 nach der Gründung Roms hätte feiern können, das Jahr 6508 der byzantinischen, das Jahr 4759 der jüdischen, das Jahr 1311 der seleukidischen, das Jahr 716 der diokletianischen oder das Jahr 448 der armenischen Zeitrechnung, bedarfsweise auch den Jahreswechsel 390/391 nach der islamischen Hedschra oder das 13. Jahr des 46. Indiktions-Zyklus der vormals römischen Steuereintreiber. Auch das Neujahrsfest war entsprechend variabel: am 25. Dezember in Rom, am 1. Januar in Spanien und Portugal, am 1. März in Venedig, am 25. März in Florenz, an Ostern in Frankreich, am 1. beziehungsweise 24. September wie in der byzantinischen Welt oder am 9. Juli wie in der armenischen.“
Mishel holt kurz Luft: „Ich dachte, ich mach einen kurzen Exkurs darüber. Ausführlicher wollte ich mich eigentlich nur mit der Veränderung der Zeitrechnung um das Jahr 1000 in Mitteleuropa, das heißt im Herrschaftsgebiet von Kaiser Otto III., beschäftigen. Ich meine, die Veränderung von Anno Mundi, also seit Bestehen der Erde, zu Anno Domini.“
„Hmm, hmm, hmm“, Professor Mertens wackelt nachdenklich mit dem Kopf, „nun gut, aber der Exkurs muss der Vollständigkeit halber sein. Wie weit sind Sie denn mit Ihren Recherchen zum Beginn der Zählweise ‘nach der Fleischwerdung des Herrn’?“
Mishel, nun voll in ihrem Element, beginnt: „Ein irischer Mönch namens Beda hat bereits im 8. Jahrhundert, genauer ca. 724, versucht, diese Zählweise einzuführen. Diese wurde zunächst seit 750 von den Carolinger in Frankreich übernommen. Notwendig erschien diese Festlegung als Information, wann Ostern zu feiern sei. Denn unabhängig von der Bedeutung des Jahres 1000, gab es für die christliche Liturgie keine

Möglichkeit, dieses Datum zu ignorieren. Nach der alten Zählweise des Anno Mundi hätte die Jahrtausendwende bereits im Jahre 801 AD stattgefunden, denn dieses entspricht dem Jahr 6000 AM. In Mitteleuropa hat erst Kaiser Otto III., der von 996 bis 1002 regierte, die neue Zeitrechnung aufgenommen, denn er war stolz, im Jahre 1000 leben zu dürfen. Als frommer Christ glaubte er an das Kommen der Endzeit und er würde der erste Kaiser des himmlischen Friedensreiches sein."

Stolz blickt Mishel ihren Prof an.

„Sehr schön. Da sind Sie ja schon recht weit. Als Fußnote könnten Sie vielleicht noch kurz anmerken, dass in römischen Zahlen die Umstellung von der sehr dramatischen Zahl 999, nämlich: DCCCCLXXXXVIIIII, auf das einfache M sicherlich hohe Symbolkraft hatte."

Mishel macht sich eifrig Notizen, obwohl sie solche Anekdötchen eigentlich überflüssig findet, aber Professor Mertens ist nun mal der Chef.

Um von weiteren Anekdoten und Kleinigkeiten verschont zu bleiben, kommt Mishel wieder auf das Thema zurück: „Eigentlich schon erstaunlich, dass ein einzelner Kaiser so einfach die Zeitrechnung verändern konnte."

Professor Mertens sieht sie irritiert an: „Sie wissen doch, wie die Welt oder sagen wir Europa damals aussah. Viel Wald und Wiesen, viele Dörfer, einige Schlösser und Burgen und ganz wenig Städte. Die politische Macht teilten sich ein paar Männer. Und die Frage der Zeitrechnung war durchaus eine Machtfrage. Otto III. hat sich damit nämlich zusammen mit Gerbert, besser bekannt als Papst Silvester II, gegen den exkommunizierten König Robert von England durchgesetzt."

„Ja, ja. Das ist schon klar ..." nickt Mishel heftig und zustimmend mit dem Kopf.

Als wenn sie das nicht wüsste, doch Professor Mertens ist nicht mehr zu bremsen: „Das einfache Volk hatte dazu gar nichts zu melden. Die rechneten ja größtenteils in Jahren seit Antritt des jeweiligen Fürsten. Das finde ich ja gerade das spannende an Ihrer Arbeit. Sie gehen doch davon aus, dass es die immer wieder zitierte massenhafte apokalyptische Endzeitstimmung in der Bevölkerung gar nicht gab.

Die Verbreitung des Denkens in Jahrhunderten gibt es doch erst seit dem Ende des 18. Jahrhunderts. Die Jahrtausendhysterie ist eine Erfindung der Historiker des 19. Jahrhunderts, also eine Legende und wissenschaftlich auf Grund des Quellenmaterials überhaupt nicht haltbar. Die kleinen Leute werden das Jahr 999 oder 1000 erlebt haben, wie jedes andere Jahr auch. Nur die wenigen Mächtigen werden sich in apokalyptischer Endzeitstimmung befunden haben. Das natürlich nicht ohne Grund, denn sie sahen schließlich Pest-Epidemien, Kriege zum Beispiel mit den heidnischen Dänen, Hungersnöte, vernichtete Ernten durch sintflutartige Regenfälle und Hagelschauer als Vorboten für den Tag des Jüngsten Gerichts."

Nach einer kurzen Pause, in der sich Professor Mertens offensichtlich in diese Zeit hineinversetzt hat, ist er wieder ganz im Hier und Jetzt: „Damit komme ich zu meinem wirklich wichtigen Kritikpunkt. Wir befinden uns gerade am Ende eines Jahrtausends und Sie gehen mit keiner Silbe darauf ein."

Mishel rutscht unruhig auf ihrem Stuhl rum und versucht einen schwachen Einwand: „Jaaaa, aber ich schreibe doch eine historische Arbeit."

Professor Mertens donnert völlig überraschend los: „Frau van Dyck! Sie reproduzieren mit dieser Herangehensweise die Kritik an den Historikern, dass sie immer nur zurückgewandt arbeiten, ohne die Gegenwart mit einzuschließen. Wir sind in der verdammt privilegierten Situation, einen Jahrtausendwechsel mitzuerleben. Auch heute gibt es wieder Prophezeiungen und Endzeitstimmung."

„Aber das ist doch etwas völlig anderes", beginnt Mishel und versucht sich daran zu erinnern, was Paul neulich erzählt hat, „damals waren die Menschen gottesfürchtig und hatten Angst vor dem Zorn Gottes. Sie vermuteten das Ende der Welt auf Grund natürlicher Katastrophen. Heute ist das doch ganz anders. In der säkularisierten Gesellschaft am Ende des 20. Jahrhunderts glaubt doch niemand mehr ernsthaft an das Jüngste Gericht."

„Da irren Sie sich aber gewaltig! Sekten und irgendwelche obskuren Religionsgemeinschaften haben zurzeit so viel Zulauf wie noch nie. Viele davon sehen das Ende der Welt am Ende dieses Jahrtausends auf uns zu kommen. Sie predigen ihren Mitgliedern, dass sie besonders fromm und gläubig sein müssen und möglichst viele Menschen missionieren, damit sie am Tag des Jüngsten Gerichts nicht mit dem Rest der Welt untergehen werden, sondern ins Friedensreich Gottes beziehungsweise ins Paradies kommen. Wo ist da der Unterschied zu vor 1000 Jahren? Haben sie schon mal im Internet in der Suchmaschine Alta Vista den Begriff „teotwaki" eingegeben?"

Mishel sieht ihn völlig irritiert an und merkt, dass sich langsam ein Knoten in ihrem Magen bildet.

„Wer ist denn dieser Teotwaki?" fragt sie kopfschüttelnd.

„Das ist kein wer, sondern ein was. Es ist die Abkürzung für 'The End of the World as We Know it'. Sie bekommen auf diese Anfrage aus dem Internet über 2600 Webseiten geboten, die sich nur mit der Apokalypse des Jahrtausendwechsels beschäftigen, ausgehend unter anderem von den technischen Problemen bei der Computerumstellung."

Mishel atmet erleichtert auf, davon hatte Paul erzählt.

„Das sind doch Hysteriker", entgegnet sie selbstsicher, „außerdem ist das, wie Sie selbst sagten, ein technisches Problem und kein natürliches, wovor die Menschen damals Angst hatten."

Professor Mertens beugt sich zu ihr vor und gibt zu Bedenken: „Sie sehen das etwas zu eindimensional. Die Computer sind das eine Problem, aber viele sehen auch in den Naturkatastrophen der letzten Jahre Vorzeichen des Untergangs. Denken Sie nur an den Treibhauseffekt, Vulkanausbrüche, Überschwemmungen, Erdbeben, Wirbelstürme. Allein die Klimaphänomene El Niño und La Niña bieten sich als personifizierte Vorzeichen des Untergangs geradezu an."

„Aber solche Katastrophen hat es doch schon immer gegeben. So weit ich weiß, haben sie in den letzten Jahren nicht signifikant zugenommen", entgegnet Mishel trotzig, „solange sich die Erde um die Sonne dreht und geologisch so beschaffen bleibt, wie sie ist, wird Derartiges zwangsläufig vorkommen. Der Planet hat im Laufe seiner langen Geschichte schon ganz anderes zu Stande gebracht. Kontinente sind kollidiert, Gebirgsketten sind emporgewachsen und wieder abgetragen worden, so manche Lebensform kam mit den veränderten Lebensbedingungen nicht zurecht und starb sang- und klanglos aus. Doch selbst davon ist die Welt nicht untergegangen!"

Bereit zum Sprung funkelt Mishel ihren Prof an.

Doch dieser fängt wieder Erwarten schallend an zu lachen: „Sie sind echt klasse. Haben Sie sich eigentlich gerade selbst zugehört? Ein Vergleich bedeutet doch nicht, dass alles bis ins kleinste Detail gleich ist. Hungersnöte und die Pest gibt es heute in Europa zwar nicht mehr, dafür gab es früher kein Tschernobyl oder

Abstürze von Jumbo-Jets. Aber damals wie heute sehen die Menschen in solchen Katastrophen Vorzeichen für den baldigen Weltuntergang. Bisher ist die Welt nicht untergegangen und vermutlich wird sie auch an diesem Silvester nicht ihr Leben aushauchen. Sie sehen also, es gibt Parallelen und ein Vergleich ist einfach zwingend notwendig. Literatur zur jetzigen Jahrtausendwende gibt es jedenfalls reichlicher als zur letzten."

Verschmitzt grinst er Mishel an.

„Gucken Sie mich nicht so verschreckt an. Die Vorstellungen von Weltuntergängen haben doch etwas sehr Interessantes. Vor allem könnten sie wunderbar heraus arbeiten, ob beziehungsweise inwieweit sich diese Vorstellungen verändert haben. Könnte ja sein, dass Johannes und Daniel aus der Bibel immer noch solch große Anziehungskraft haben. Wär schon lustig, wenn sich die Menschen in dieser Hinsicht innerhalb von tausend Jahren so wenig weiterentwickelt hätten."

Während er erneut suchend in Mishels Papieren blättert, bekommt sie einen Schweißausbruch bei dem Gedanken, wie viel mehr Arbeit durch seine Einwände auf sie zukommt. Endlich scheint er gefunden zu haben, wonach er suchte.

„Nun schauen Sie doch nicht so bedröppelt. Ich finde Ihr Konzept für die Arbeit wirklich gut. Vor allem diesen Punkt hier: 'Die Apokalypse blieb aus'. Die Idee für dieses Kapitel ist deshalb so hervorzuheben, da dieser Aspekt bei den meisten Arbeiten dieser Art ausgeblendet wird."

Erleichtert, wieder sicheren Boden unter den Füßen zu haben, atmet Mishel auf: „Ich habe diese Idee von Richard Landes von der Bostoner Uni, Center for Millennial Studies. Er weist darauf hin, dass in Erwartung eines Weltuntergangs eine sehr spezielle Stimmung der Menschen untereinander geherrscht haben muss, zum Beispiel Güte, Gnade, Versöhnung, aber auch maßlose Vergnügungssucht, denn so manch einer scheint sein ganzes Vermögen verzecht zu haben. Als dann die Katastrophe ausblieb und das Leben weiterging wie bisher, standen einige natürlich vor großen Problemen beziehungsweise wussten nicht, wie sie nun mit ihren Nächsten umgehen sollten ... Ich weiß, was Sie jetzt sagen wollen. Auch heute werden einige nicht anders reagieren und wenn nächstes Jahr alles wie gehabt ist, könnte das für die nicht so einfach sein."

„Genau so dachte ich mir das", lobt Professor Mertens, „Sie könnten diesen Aspekt ja als Ausblick ans Ende der Arbeit stellen, so dass wir dann eine historische Arbeit mit Zukunftsvision hätten."

Mishel räumt ihre Papiere zusammen und packt sie in ihre Aktentasche. Erst jetzt fällt ihr auf, dass der Raum völlig verqualmt ist und sie mittlerweile Kopfschmerzen hat. Nach der Verabschiedung von Professor Mertens verlässt sie schnell das Unigebäude. Erleichtert diesen Termin hinter sich gebracht zu haben, atmet sie die feuchte schwere Novemberluft ein und macht sich auf den Weg nach Hause.

***

Wie immer geht es im Aufenthaltsraum des Personals hektisch zu. Maria sitzt mit Kerstin und Carolyn an einem der Tische und stochert etwas lustlos in ihrem Salat. Die Schicht hat mal wieder sehr chaotisch angefangen und ist im Laufe des Tages auch nicht gerade ruhiger geworden. Nun ist es kurz vor drei und die drei haben zum ersten Mal Gelegenheit, Pause zu machen.

Normalerweise arbeitet Maria nur in der Frühschicht, nur manchmal muss sie eine Mittelschicht übernehmen. Das bedeutet dann etwas mehr Organisation. Morgens muss sie Lena für die Schule fertig machen, dann die Erledigungen abarbeiten und dann alles für Lenas Rückkehr aus der Schule vorbereiten. Zum Glück konnte sie Lena heute bei einer Freundin unterbringen, so dass sie sie erst gegen sechs von dort abholen braucht.

Leider hat Lena nur sehr wenig Freundinnen, um ehrlich zu sein eigentlich nur zwei. Yasemin ist eine davon. Die beiden kennen sich schon aus der Kinderladenzeit und sind seit dem eng befreundet. Schade ist nur, dass sie mittlerweile so weit auseinander wohnen. Damals hat auch Maria in Kreuzberg gewohnt, aber diese siffige Gegend und all die fertigen Leute konnte sie einfach nicht mehr ertragen.

Der eigentliche Grund dieses Viertel zu verlassen war allerdings ihre Scheidung von Volker, aber das ist ein unangenehmes Thema. Bevor Lena eingeschult wurde ist sie deshalb nach Friedenau gezogen. Es hat viel Tränen und Wut gegeben, da so Lena und Yasemin nicht zusammen in die gleiche Schule gehen konnten. Mittlerweile können die beiden sich aber auch alleine besuchen, so dass die Mütter sie nicht immer hin- und herbringen müssen. Obwohl Maria es immer etwas beunruhigt, wenn Lena alleine in der Stadt unterwegs ist.

"Ach jee", seufzt sie, "hören diese Sorgen eigentlich nie auf?"

Diese letzten Gedanken hat sie laut ausgesprochen. Kerstin und Carolyn schauen Maria überrascht an und brechen dann in schallendes Gelächter aus. Maria ist im Krankenhaus wegen ihrer plötzlichen Pessimismusanfälle bekannt. Da sie sonst so fröhlich ist und sich normalerweise auch schnell wieder die gute Laune einstellt, nehmen die meisten diese Stimmungsschwankungen nicht ernst. Und auch jetzt grinst

Kerstin sie nur an und deutet auf die Sorgenfalte.

"Du solltest dir wegen deiner Falten Sorgen machen. Sonst wird das nix mit deinem Nachbarn!"

Carolyn wirft ein: "Ach, ich wusste gar nicht, dass dein Herr Doktor nach Friedenau gezogen ist?"

Maria schau die beiden genervt an. Diese Andeutungen sind einfach zu blöde. Während Kerstin über das neueste Gerücht in Sachen Doktor Eutin redet, macht sie sich weiter Gedanken über Lena und die Frage, wie sie die Zeit zwischen Weihnachten und Silvester planen soll. Wenn sich das Gerücht um die Urlaubssperre bewahrheiten sollte, hat sie ein ernstes Problem. Maria wird immer genervter und fängt an, wild in ihrem Salat zu stochern.

Ihre Augen wandern nervös durch den Raum und dann platzt es förmlich aus ihr raus: "Was wisst ihr denn schon? Es geht doch nicht nur um ein paar Tage Urlaub! Dass ich nicht lache! Verdammt, mein Vater ist schon in heller Panik und redet nur noch vom Ausnahmezustand. Für euch ist das vielleicht alles nur ein Scherz, aber warum werden wir dann nicht informiert?"

Mit weit aufgerissenen Augen starrt Maria die beiden an. Es ist schlagartig still geworden, als Maria anfing zu sprechen.

Langsam löst sich die Spannung. Kerstin ist die erste, die wieder zu sprechen anfängt: "Ach, darum geht es. Woher sollen wir das denn wissen? Aber was meinst du denn konkret?"

Maria schüttelt hilflos den Kopf und noch bevor sie etwas antworten kann, fängt Carolyn an drauf los zu erzählen.

Carolyn und Frau Dr. Tenner aus der Inneren sind zusammen im Ausbildungsausschuss tätig. Eigentlich geht es dabei um die Koordinierung der Einsatzmöglichkeiten der Lernschwestern und Zivildienstleistenden. Während ihrer letzten Sitzung war aber auch Herr Züchtig von der Personalabteilung dabei. Hauptthema war die Bereitstellung von genügend Personal über die Weihnachtsfeiertage und Silvester. Es gibt mehrere Probleme. Zum Beispiel dürfen die Zivildienstleistenden nicht in die Berechnung des zur Verfügung stehenden Personals mit einbezogen werden. Nach langem Debattieren blieb eigentlich nur die Möglichkeit, für diese Woche zusätzliches Personal anzufordern. Aber auch das sei, so Herr Züchtig, unmöglich, da der Personaletat schon um einiges überschritten worden sei. Auf Nachfrage musste er dann zugeben, dass es unvorhergesehene Ausgaben gab.

An diesem Punkt angelangt senkt Carolyn ihre Stimme und fährt zögerlich fort, von den sitzungsinternen Gesprächen zu erzählen. Sie konnte es anfangs kaum glauben, aber nach Züchtig sind zwei Computerspezialisten angestellt worden. Sie sollten die medizinischen Geräte kontrollieren und herausfinden, inwieweit es Probleme mit der Umstellung auf den 1. Januar 2000 geben könnte. Nicht nur Carolyn hat das überrascht, auch Doktor Wagner war völlig verblüfft.

Er war erst Anfang des Jahres von Hamburg nach Berlin gekommen und hat seitdem immer wieder auf dieses Problem hingewiesen. In Hamburg gibt es einen "Jahr-2000-Beauftragten". Dieser ist nur für die medizinischen Geräte des Küsten-Krankenhauses zuständig und seit Ende 1998 laufen die Vorbereitungen auf den Jahreswechsel in allen Norddeutschen Krankenhäusern auf Hochtouren. Und trotzdem sei laut EDV-Experten für große Krankenhäuser mit einer Umstellzeit von 25 bis 30 Monaten zu rechnen.

Das Küsten-Krankenhaus, in dem Dr. Wagner arbeitete, war offiziell als "sicher" eingestuft worden. Unklar bleibt aber auch dort, was bei einem landesweiten Stromausfall zu tun wäre, denn die Notstromaggregate können nur einen Teil des benötigten Stroms ersetzen. Da es keine bundesweit einheitliche Vorschrift über die Abwicklung der Jahr-2000-Umstellung gibt, ist es Aufgabe der Krankenhausdirektoren, ob und in welchem Umfang Vorbereitungen getroffen werden.

Carolyn beendet ihre Erzählung mit einem lautem Seufzer.

"Ich kann euch sagen, mir ist schon etwas mulmig geworden, als Dr. Werner über die Ausmaße dieser Datumsumstellung gesprochen hat."

Kerstin macht einen hilflosen Eindruck und sieht die anderen erwartungsvoll an.

"Kann mir mal eine erklären, um was es eigentlich bei dieser ganzen Geschichte geht?"

Maria zieht demonstrativ ihre Schultern hoch, aber Carolyn startet einen Erklärungsversuch: "Das ist eigentlich ganz einfach. In den meisten medizinischen Geräten sind doch Datumsanzeigen eingebaut, wenn diese aber nur zweistellige Jahreszahlen haben, dann springt die Uhr auf 00 und das verwirrt so ein Gerät eben."

Maria starrt Carolyn fassungslos an.

"Aber was heißt denn das?"

Carolyn zuckt mit den Schultern.

"Na ja, es kann sein, dass nix passiert. Es kann aber auch sein, dass ein Gerät dann ganz ausfällt. Die Intensivstation ist besonders betroffen. Dort stehen ja die komplizierten Überwachungsgeräte mit den Monitoren und Messsonden. Auch Ultraschall oder Röntgengeräte und Beatmungsmaschinen können ausfallen. Richtig gefährlich sind die vernetzten Geräte. Es ist völlig unklar, was passiert, wenn nur ein Teil mit der Umstellung nicht klar kommt. Schon gruselig, oder?"

Kerstin schüttelt ungläubig ihren Kopf und gibt zu bedenken, dass es ja nicht so schwer sein könne, die Geräte, die eine Uhr eingebaut haben, zu überprüfen.

Aber auch darauf kann Carolyn mit einem noch erschreckenderen Detail antworten. Nach dem vielzitierten Dr. Wagner seien nicht nur Geräte mit einer offensichtlichen Datumsanzeige betroffen. Vielmehr gebe es Geräte bei denen nicht erkennbar sei, ob sie zeitbezogenen Daten enthalten. Auch wenn auf dem Display keine Zeitangabe zu sehen sei, können im Prozessor Zeitdaten gespeichert sein. Carolyn gibt resigniert zu bedenken, dass zum Beispiel bei den Dialysegeräten die Gefahr besteht, dass diese die neuen Messwerte nicht mehr speichern und so falsche Mittelwertspeicherungen zustanden kommen. Das würde alles ein totales Chaos geben.

Bevor sich die drei immer lebhafter die Folgen der Datumsumstellungen ausmalen, ertönt über den Lautsprecher die Mitteilung, dass sich Schwester Maria sofort in der Notaufnahme zurückmelden soll. Maria verdreht daraufhin die Augen und meint nur lapidar, dass diese Station ja wohl ohne sie zumachen könne.

Kerstin erhebt sich auch und sagt, wieder mit ihrer gewohnt lustigen Stimme: "Ach kommt, Mädels, wenn es wirklich so schlimm werden könnte, dann hätten die Medien doch schon längst den Notstand ausgerufen. Das wäre doch ein gefundenes Fressen für die ‚Bild'. Ich sehe schon die Schlagzeile vor mir: ‚Sind die Krankenhäuser noch sicher?' Und überhaupt, warum tut unser Dr. Werner Superschlau nix, wenn er doch weiß was Sache ist?"

Alle sehen sich fragend an, aber keiner fällt eine Antwort ein. Nachdenklich eilt Maria in die Notaufnahme und auch Kerstin und Carolyn brechen auf und machen sich an ihre Arbeit.

In der Notaufnahme ist es eher ruhig. Maria lässt ihren Blick über das Wartezimmer schweifen. Zwei Mütter mit ihren schreienden Kindern, die auf den ersten Blick keine ernsten Verletzungen aufweisen, ein be-

77

trunkener Mann mit blauen Flecken und aufgeschürfter Haut, drei jugendliche Jungs, die wohl gerade vom Rollschuh laufen kommen und auch nur leichte Wunden haben. Also alles im allem nur Routine-Patienten, die nach der Reihe behandelt werden können.

Maria geht in den Behandlungsraum, in dem schon Doktor Wagner und Schwester Ingrid auf sie warten. Vor Überraschung bleibt sie erst mal mitten in der Tür stehen.

"Sie hier?"

Marias Mund ist weit aufgerissen, in ihrem Kopf klingen noch die Befürchtungen, die Dr. Werner gesagt haben soll, nach. Warum ist er hier in der Notaufnahme? Hat er nicht Besseres zu tun, fragt sie sich.

Laut sagt sie: "Wo ist denn Dr. Dressler? Ich dachte, ich muss noch die ganze Schicht mit ihm arbeiten?"

Dr. Werner grinst breit und zwinkert ihr zu.

"Sind Sie sehr enttäuscht?"

Verlegen schaut Maria zu Ingrid und hofft, dass sie ihr zur Seite springt. Wie soll sie ihm erklären, warum sie so überrascht ist und dass sie ihm am liebsten eine Menge Fragen über diese Computer-Geschichten stellen würde. Aber dann müsste sie ihre Informationsquelle preisgeben! Ach, und jetzt versteht er das womöglich völlig falsch und diese neue Lernschwester Ingrid kichert nur und strahlt Dr. Werner an. Zum Glück wird diese peinliche Situation durch das plötzliche Hereinstürzen eines Zivis beendet.

"Hey, wir haben einen Notfall! Sieht aber schlimmer aus als es ist."

Hinter dem ersten Zivi wird ein gut aussehender Mann, mit kurzen dunklen Haaren, in einem der Krankenhausrollstühle reingeschoben. Sein Arm hängt in einer völlig durchbluteten Schlinge. Das Hemd sowie die Hose sind auch mit Blut überströmt. Sofort wenden sich alle dem Patienten zu. Dr. Werner sieht den Mann fragend an.

"Wie geht es Ihnen? Wo haben Sie Schmerzen? Was ist passiert?"

Mit schmerzverzerrtem Gesicht beginnt er: "Ein Arbeitsunfall. Es pocht wie wahnsinnig, sonst geht's eigentlich. Mir ist nur etwas schlecht. Aber ich werde doch meine Hand wieder bewegen können, oder?"

Maria und Ingrid legen die benötigten Instrumente und das Verbandsmaterial auf den Tisch, neben dem der Rollstuhl steht. Dr. Werner fängt an, den Arm vorsichtig aus der Schlinge zu wickeln, dabei fällt der Druckverband ab und die Wunde beginnt von Neuem stark zu bluten.

"Shit, wer hat denn das Teil so lose da drauf gelegt?"

Maria reicht ihm schnell eine Kompresse und sieht die Zivis fragend an. Beide stehen unsicher im Raum und räuspern sich mehrmals.

"Also, das war so."

Der kleinere der Beiden schluckt noch mal bevor er fortfährt.

"Ich meine, so richtig hat mir das ja noch niemand erklärt. Und das sah wirklich schlimm aus, das ganze Blut, mein ich. Und Jürgen wusste auch nicht so richtig Bescheid - aber hat doch geklappt? Wir haben auch schon den Fragebogen ausgefüllt. Ähm, Herr van Dyck ist 30 Jahre, keine Allergien oder Drogen - ich meine, nimmt keine Medikamente."

Dr. Werners ungeduldige Stimme schneidet ihm das Wort ab: "Also darüber werden wir uns noch unterhalten. Zum Glück ist es wirklich nur eine harmlose Schnittwunde. Es scheint, dass keine Nerven oder Sehnen verletzt sind. Aber Sie haben viel Blut verloren. Wir müssen erst mal alles desinfizieren, dann mit einigen Stichen nähen und das war's dann auch schon."

Routiniert fängt er an, die Hand zu behandeln. Während der Behandlung beruhigt Maria Herrn van Dyck.
"Machen Sie sich mal keine Sorgen, das wird schon wieder!"
"So, nun haben wir die Wunde versorgt, den Rest wird dann Schwester Maria machen."
Dr. Werner klopft Paul van Dyck zuversichtlich auf die Schulter, nickt Lernschwester Ingrid zu und bedeutet ihr, ihm zu folgen.
Ingrid bleibt zögernd stehen und sieht Maria fragend an: "Soll ich dir vielleicht hier helfen?"
Maria blickt irritiert hoch und schüttelt den Kopf.
"Nein, das sind nur noch ein paar Handgriffe, ich komme schon klar!"
Dr. Werner verlässt mit einer sichtlich enttäuschten Schwester das Zimmer, um im angrenzenden Behandlungszimmer mit der Arbeit weiterzumachen.
Maria betrachtet die genähte Schnittwunde.
"Das waren elf Stiche, aber Sie haben Glück gehabt, dass es eine oberflächliche Wunde ist. Wir haben hier schon Schnittwunden gehabt da – oh, Entschuldigung, ich wollte Sie nur etwas aufheitern. Sie sehen ziemlich betreten aus."
Maria legt mit geübten Händen einen Verband an und sieht Paul besorgt an.
"Ach, ich weiß auch nicht, aber dieser Unfall passt mir gerade so gar nicht. Ich muss vor Weihnachten noch so viel tun. Aber das wird mich doch nicht groß behindern, oder?"
Maria legt den Rest des Verbandzeugs weg und sieht zufrieden auf ihr Werk.
"Nein, nein, das sieht sehr gut aus. Es dürfte keine Komplikationen geben, aber Sie müssen sich schon etwas schonen. Die Hand muss erst mal ruhig gestellt werden, sonst kommt es immer wieder zu Blutungen. Und außerdem wird es auch noch eine Weile weh tun.

Ich gebe Ihnen ein paar Schmerzmittel mit. Ich weiß, dass es immer ungünstig ist, aber versuchen Sie, sich etwas zu erholen."

Paul van Dyck steht vorsichtig auf, blickt etwas unschlüssig im Raum umher und fragt dann nach den erforderlichen Formalitäten. Nachdem sie das alles erledigt haben, geht er langsam aus der Notaufnahme.

Kaum hat er das Zimmer verlassen kommt Lernschwester Ingrid hereingestürzt.

"Ach, Mist, ist er schon weg?"

Maria grinst: "Tja, zu spät! Diesen gut aussehenden Patienten durfte ich ganz alleine versorgen!"

Lachend wenden sich beide der nächsten Patientin zu.

***

Phil sitzt lesend in der U-Bahn. Sie freut sich darauf, ihren Liebsten zu besuchen. Sie sind in seinem Büro verabredet. Obwohl sie einen anstrengenden Tag in der Großstadtbank hinter sich hat, ist sie doch voller freudiger Erregung, wenn sie an das Treffen mit Bill denkt.

Sie kennen sich jetzt seit zwei Monaten und Phil ist von Woche zu Woche mehr verliebt in diesen wunderbaren liebenswerten Mann. Er ist zwar ein paar Jahre jünger als sie, aber in diesem Fall stört sie das nicht. Er ist an vielen Dingen des Lebens interessiert und sie kann sich mit ihm über alle möglichen Themen unterhalten. Vor allen Dingen genießt sie es, dass sie ihm auch von ihren verrückten Plänen, irgendwo eine Weile im asiatischen Ausland zu leben, erzählen kann. Er blockt diese Gedanken nicht ab und nennt sie eine Träumerin, sondern traut sich, mit ihr an diesen Gedanken rumzubasteln.

Seitdem sie von ihrer Reise nach Berlin zurückgekehrt ist, sucht sie nach genau so einem Mann. Einer, der sich trauen könnte, auch einen unsicheren Schritt in Richtung Zukunft zu machen. Nicht an dem wunderbaren, lebenslangen Job zu hängen, den es nach ihrer Ansicht sowieso schon lange nicht mehr gibt, sondern darüber nachzudenken, an einen Ort zu gehen, an dem sie sich wohl fühlen und dort zu bleiben. Es wird sich dann auch eine Möglichkeit finden, Geld zu verdienen oder wenigstens einen kleinen Job für Unterkunft und Verpflegung zu machen. Und mehr braucht sie eigentlich nicht, wenn sie daran denkt, in einer kleinen asiatischen Stadt zu leben. Klar wäre ein Job mit richtig Kohle netter, aber es muss nicht sein. Und Bill ist bereit, darüber nachzudenken.

Über diese netten Gedanken sitzt Phil grinsend in der U-Bahn und hat ihr Buch völlig vergessen. Aus der Ecke ihr gegenüber hört sie ein leises "Der muss es aber gut gehen", das eine junge Frau ihrer Begleiterin zuflüstert.

Ja, denkt Phil, mir geht es tatsächlich gut. Und wenn ich es schaffe, diesen Job weiterzumachen, habe ich auch bald genug Geld zusammen, endlich Berlin wieder zu verlassen. Keine U-Bahn-Fahrten mehr, keine warmen Klamotten, keine langen blöden Gesichter im Winter. Wie fantastisch!

Am Görlitzer Bahnhof verlässt sie die U-Bahn. Sie geht durch den Park zu Bills Büro. Es ist zwar nicht der kürzeste Weg, aber es ist ihr Lieblingsweg. Sie liebt diesen Park. Es ist immer was los, egal wie das Wetter ist. Hier sind immer Menschen, die das Bedürfnis haben, Sauerstoff zu atmen, sich mit anderen zu treffen oder einfach nur ein bisschen der Eingesperrtheit und Enge der Wohnung zu entgehen. Und wenn der kleine See erst zugefroren ist, werden hier wieder die Schlittschuhkünste vorgeführt. Aber so kalt ist es noch nicht, und im Moment sind tatsächlich

noch Inlineskater unterwegs, obwohl Phil es dafür
eigentlich doch viel zu kalt erscheint.

"Bahn frei", dringt es von weit weg an Phils Ohr, die,
noch immer in ihre Auslandspläne versunken, gerade
die Skater-Fläche überquert, da ist auch schon ein
junges Mädchen in sie reingefahren und beide fallen
hin. Phil landet unsanft auf ihrem Hintern, kann sich
aber mit den Händen abfangen. Das Mädchen ist der
Länge nach hingefallen und liegt erst mal bewegungslos da.

„Oh, Scheiße", entfährt es Phil. Dann springt sie auf
und eilt zu der Kleinen. "Ist dir was passiert?"

"Nein", gibt diese etwas verdattert zurück, "ich glaube
nicht." Phil hilft ihr aufzustehen und beide untersuchen die Knie und Handflächen der Kleinen.

"Na, das scheint ja nochmal gut gegangen zu sein",
erklärt Phil erleichtert. "Wie heißt du denn?" will sie
wissen.

"Ich heiße Lena. Es tut mir wirklich leid, dass ich Sie
umgefahren habe. Aber ich konnte so schnell nicht
bremsen. Meine Mutter sagt immer, dass ich unbedingt
bremsen üben soll, aber ich will doch fahren und nicht
bremsen."

"Ja, das verstehe ich. Aber es ist ja zum Glück nichts
passiert. Ich habe nicht aufgepasst, sondern bin hier in
meine Gedanken versunken einfach quer rübergelau-
fen. Das sollte ich wohl auch besser nicht mehr machen. Tut mir leid, Lena, aber daran siehst du, dass
Erwachsene eben auch nicht immer ihre ganze Aufmerksamkeit da haben, wo sie eigentlich sein sollte.
Ist denn deine Mutter auch hier? Ich würde ihr gern
erklären, was passiert ist, damit es keinen Ärger gibt."

"Nein", gibt Lena zurück, "meine Mutter arbeitet im
Krankenhaus. Sie kann die Nachmittage nicht mit mir
verbringen. Ich bin mit meiner Freundin Yasemin hier.
Die wohnt gleich neben dem Park. Sonst dürfte ich

hier gar nicht herkommen. Ich wohne nämlich mit meiner Mutter in Friedenau. Und sie erlaubt nur deshalb, dass ich alleine hierher komme, weil Yasemin gleich hier wohnt. Früher war sie meine Nachbarin, bevor wir nach Friedenau gezogen sind. Yasemin ist nämlich Türkin und kann ganz toll Bauchtanz. Das hat sie mir auch beigebracht. Willst du mal sehen?" plappert Lena weiter und fällt dann auch sofort in das vertrauliche du, um Phil zu erzählen, warum sie eigentlich hier ist.

"Wow, das ist ja klasse, dass du so was von deiner Freundin lernst. Aber ich habe im Moment keine Zeit und außerdem erscheinen mir deine Inlineskates nicht gerade als die richtigen Schuhe, um eine Bauchtanzvorführung zu machen. Und ein Sturz am Tag reicht ja wohl aus, oder? Ich muss jetzt weiter. Also, wenn wir uns beide sicher sind, dass uns nichts passiert ist, dann gehe ich jetzt."

"Okay", gibt Lena etwas verdrießlich zurück. "Nein, mir ist nichts passiert. Nur schade, dass ich dir meinen Bauchtanz nicht zeigen kann. Das würde dir sicherlich gefallen."

"Bist du denn öfter hier? Dann treffen wir uns sicherlich mal wieder und du kannst es mir ein anderes Mal zeigen, einverstanden?"

"Ja", freut sich Lena, "das ist gut. Ich besuche Yasemin ganz oft und dann sind wir meistens hier draußen. Und beim nächsten Mal kommst du einfach mit zu ihren Eltern und da zeigen wir dir dann beide, was wir können."

Phil verabschiedet sich von Lena und geht weiter.

"Wie heißt du eigentlich?" ruft diese ihr noch nach. "Ich muss doch wissen, wie du heißt, sonst kann ich gar nicht richtig von dir erzählen."

Phil bleibt stehen und dreht sich nochmal um. Lena kommt auf ihren Skates angefahren.

"Ich heiße Philippine Bauer. Aber alle nennen mich Phil."

"Das ist ja ein komischer Name. Philippine", lässt Lena sich den Namen auf der Zunge zergehen. "Ich werde dich dann auch lieber Phil nennen, das gefällt mir besser. Tschüüüß", ruft sie noch und skatet davon.

"Was für ein witziges Mädchen", geht es Phil durch den Kopf. "Ich wäre wahrscheinlich erst mal in Tränen ausgebrochen, wenn mir das als Kind passiert wäre. Und dann wäre ich sicherlich eilig davongefahren und hätte nicht mit der erwachsenen Person gesprochen. Und diese kleine Maus erzählt mir gleich ein paar Geschichten und lädt mich zu den Eltern ihrer Freundin ein. Ob sie wohl einsam ist? Unglücklich scheint sie auf jeden Fall nicht zu sein. Aber ihre eigenen Eltern scheinen nicht zusammenzuleben, denn sie hat erzählt, dass sie mit ihrer Mutter in Friedenau wohnt. Vielleicht sind Kinder Alleinerziehender einfach aufgeschlossener, weil sie nicht so behütet sein können, wie wenn einer Mutterhenne immer um sie rumgluckt."

Phil ist ohne weitere Zwischenfälle in Bills Büro angekommen. Der Raum ist gut beheizt und Phil nimmt ihre Brille ab.

"Ich hasse es, dass meine Brille im Winter immer beschlägt. Egal, wohin ich komme, ich muss erst einmal das Ding absetzen und stehe blöd rum. Nur gut, dass ich nicht so blind wie ein Maulwurf bin und mich auch ohne Brille bewegen kann. Sonst hätte ich ein echtes Problem, dich zu finden und zu küssen", lacht Phil zur Begrüßung und küsst und umarmt Bill voller Leidenschaft und unausgesprochener Begierde.

"Wie geht's dir, Babe? Wie war dein Tag denn so? Du bist ja ganz aufgekratzt", bemerkt Bill und Phil erzählt ihm von ihrem kleinen Unfall mit Lena.

"Na, da habt ihr aber beide Glück gehabt, dass nichts Ernstes passiert ist", kommentiert Bill die Geschichte,

nachdem Phil ausgesprochen hat. "Hier war heute die
Hölle los. Ich weiß auch nicht, was die Leute plötzlich
haben. Es kamen jede Menge Anrufe von Menschen,
die ihr plötzliches Interesse für embedded systems
entdeckt haben. Es gab wohl gestern eine Reportage
im Fernsehen, wo es darum ging. Und heute spielen
alle verrückt und rufen die Computerfirmen an. Bei
vielen war wohl kein Durchkommen, so dass etliche
das Telefonbuch bemühten und dann hier beim Computernotruf gelandet sind. Dabei sind wir doch wirklich kein Beratungsunternehmen und werden dafür
auch nicht bezahlt. Aber was sollen wir machen. Wenn
wir jetzt den Leuten helfen, denken sie vielleicht auch
in Zukunft an uns, wenn sie mal ein Problem mit ihren
PCs haben und rufen wieder hier an. Dann können wir
auch eine Rechnung ausstellen."
Bill lehnt sich erschöpft in seinem Bürostuhl zurück
und Phil tritt hinter ihn, um ihm den Nacken zu mas-
sieren.
Das kleine Büro in der Schlesischen Straße ist vollge-
stopft mit Computerzubehör. Bill hat den Laden mit
ein paar befreundeten Computerfreaks vor fünf Jahren
eröffnet. Es gibt eigentlich keine freien Flächen in
dem Raum, überall stehen Computer, Scanner, Drucker
und Computerschnickschnack herum. Es fiept und
piepst an allen Ecken. Und die Telefone klingeln fast
ohne Unterbrechung, obwohl es schon nach 18 Uhr ist.
Seine Kollegen und Kolleginnen sind fieberhaft am
Telefonieren. Bill hat nach Phils Ankunft seinen Hörer
neben die Gabel gelegt, um ein wenig Ruhe zu haben.
Die beiden sind eigentlich fürs Kino verabredet und
Phil will Bill nur abholen. Aber das mit den embedded
systems interessiert Phil auch.
"Was war das denn für ein Bericht? Da habe ich ja
wohl wieder was verpasst, was mich schlauer gemacht

hätte. Was wollen die Leute denn so wissen?" fragt
Phil.

"Ich habe den Bericht leider auch nicht gesehen, weil
ich gestern einfach nach einem anstrengenden Tag ein
bisschen in der Kneipe abhängen wollte. Aber der
Aufmacher war wohl ein längst gelaufener Test in
einem Kraftwerk. Die Computerfachleute dort haben
die Computer und Programme wohl Y2K-tauglich gemacht und einen Testlauf simuliert. Das Kraftwerk hat
sich trotzdem abgeschaltet und dann ging die Fehler-
suche los.
Sie kamen schließlich drauf, dass es an den embedded
systems liegt. Das sind die kleinen billigen Mikropro-
zessoren, die in jede Menge Geräte eingebettet sind.
Viele davon sind in große und auch in kleine Anlagen
eingebaut. Niemand weiß genau, wo sie stecken und ob
sie sozusagen eine innere Uhr haben, das heißt da-
tumsrelevante Daten nutzen. Wenn diese Dinger also
aufs Datum zurückgreifen - und das ist meistens der
Fall, auch wenn es nach außen hin eigentlich keine
Rolle spielt - können sie sich aufhängen und die Anla-
ge lahm legen, obwohl die eigentlichen Computerprogramme Jahr-2000-tauglich sind. Und patsch - steht
die ganze Kiste und das Gejammer ist groß."
"Und was für Folgen hat es, wenn ein Kraftwerk ausfällt? Oder können wir sogar davon ausgehen, dass
viele Kraftwerke ausfallen?" will Phil wissen.
"Also nach diesem Bericht beziehungsweise dem, was
die Leute mir heute erzählt haben, genügt es wohl,
wenn ein Kraftwerk ausfällt und die anderen eines
Verbundes damit überlastet werden, um einen Domi-
noeffekt auszulösen. Das heißt ..."
"Ja, ich weiß", unterbricht Phil, "stockdunkel in der
Republik. Und kümmern sich die Betreiber wenigstens
jetzt um das Problem?"

"Tja, spätestens nach diesem Bericht werden sie es wohl tun. Aber es dürfte bei weitem zu spät sein. Und - wie gesagt - ist wohl das Schlimmste daran, dass niemand so genau weiß, wo überall embedded systems eingebaut sind. Denn es geht ja noch viel weiter. Es wird geschätzt, dass weltweit zehn bis 25 Milliarden dieser elektronischer Bauteile existieren und irgendwo eingebaut sind. Das betrifft ja auch jeden Haushalt. Diese Teilchen können in Staubsaugern, Fernsehern und Kühlschränken genauso gut eingebaut sein wie in Autos, Stereoanlagen oder irgendeinem beliebigen elektronischen Gerät. Wenn zu Silvester ein Staubsauger ausfällt, ist das ja keine größere Katastrophe. Da freut sich höchstens die Staubsaugerindustrie, weil endlich wieder neue Geräte gebraucht werden. Aber wenn - was weiß ich - bei der Flugsicherung solche Chips eingebettet sind, kann es schon zu echten Katastrophen kommen."

Phils Gesichtsausdruck schwankt zwischen Faszination, Entsetzen und Belustigung. In ihrem Kopf bildet sich die Vorstellung einer Endlosschleife, was denn alles so passieren kann, wenn die Computer oder auch die embedded systems verrückt spielen.

"Stell dir vor, plötzlich knallt die Concorde irgendwo in einen Wald oder ins Meer, weil die Steuerung nicht mehr funktioniert, weil nur ein so ein kleines Teil den Dienst versagt. Oder noch viel schlimmer, stell dir vor, das Ding fällt auf Berlin. Aufs Brandenburger Tor und schlittert dann Unter den Linden entlang. Hunderttausende von Toten und Schwerverletzten wären die Folge. Du meine Güte, da darf ich gar nicht drüber nachdenken, was da wirklich alles passieren könnte."

In ihr Gespräch vertieft haben die beiden gar nicht bemerkt, wie die Zeit vergeht. Sie sitzen mittlerweile allein im Büro. Die Telefone klingeln zwar weiterhin, sind aber auf Anrufbeantworter umgeschaltet, so dass nur noch der immer wiederkehrende Spruch "Sie sind mit dem Computernotruf verbunden. Für heute haben wir Feierabend gemacht, aber Sie erreichen uns an Wochentagen ab neun und unseren Wochenenddienst ab elf Uhr. Vielen Dank für Ihren Anruf." zu hören ist. Die Computer sind abgeschaltet, nur noch Bills PC schickt sein unheimliches blaues Licht in den Raum.

"Das ist schon ziemlich gruselig, wenn ich mir das so vorstelle", bedenkt Bill. "Und was das alles kostet, die Programme zu testen. Alle embedded systems aufzuspüren bis Silvester ist nahezu unmöglich. Das heißt, es werden einfach noch eine Menge Kosten auf uns alle zukommen, wenn Silvester erst mal vorbei ist, um die entstandenen Probleme zu beseitigen."

"Ja", bestätigt Phil. "Ich bin heute ein bisschen im Netz gesurft und dabei auf ein paar Zahlen gestoßen. Die Fachleute gehen davon aus, dass weltweit die Umstellungskosten ca. 600 Milliarden Dollar betragen. Und damit sind die wirtschaftlichen Folgekosten noch gar nicht mit einbezogen ..." Phil runzelt die Stirn und wird nachdenklich.

"Na, jetzt denkst du nach, Phili, stimmt's? Es ist dir immer anzusehen, wenn du dir über irgendwas den Kopf zerbrichst. Und du siehst dann wirklich süß aus. Wie ein Boxer", flachst Bill.

"Hey, so faltig bin ich doch noch gar nicht. Außerdem finde ich, dass das Boxer-Bild schon für den Außenminister besetzt ist. Der hat genug Falten seit er wieder so dünn ist", lacht Phil. "Aber Spaß beiseite. Nein, mir ist gerade durch den Kopf gegangen, dass die Aufbaukosten im Kosovo auf 40 Milliarden Dollar geschätzt wurden. Und dabei geht es um den Neuaufbau eines zerbombten Landes. Dieser Computercrash könnte fünfzehn Mal mehr kosten. Das ist doch einfach nicht zu fassen.

Und die Deutschen liegen mal wieder weit abgeschlagen ganz hinten auf der Rangliste der Staaten, die die Umstellung schaffen können, das habe ich auch heute gelesen. Da hat die OECD eine Studie gemacht und festgestellt, dass diese Republik die gleiche Rangfolge wie Ägypten oder Sri Lanka einnimmt. Angeblich sieht's nur in Russland und ein paar afrikanischen Staaten noch übler aus. Vielleicht sollte ich doch noch nach Holland auswandern, die sollen es angeblich ganz gut im Griff haben. Außerdem Australien, England, die USA, Dänemark und Belgien", gibt Phil ihr neu erworbenes Wissen weiter. "Für Belgien freut mich das schon, denn die hatten ja in diesem Jahr genug Negativschlagzeilen. Da kann man zwar kein Huhn mehr essen und keine Coke trinken, und auf die Kinder sollte man auch besonders achten, aber dafür werden sie den Millennium-Crash überleben. Das ist doch auch was wert, oder?"

"Hey, meinst du nicht, dass du gerade ein wenig zynisch wirst, Süße? Komm, es ist spät geworden. Lass uns zu mir gehen, ja?"

Bill grinst Phil verführerisch an, aber es ist ihm auch anzusehen, dass er müde ist.

"Ich bin völlig überdreht von diesen Katastrophennachrichten. Mir rauscht nur so das Adrenalin durchs Blut. Sollen wir nicht noch ein Bier trinken gehen, damit ich wieder ein bisschen runterkomme?" schlägt Phil vor.

"Oh, nein, bitte keine Kneipe mehr heute Abend. Aber ich hab noch ein paar Bexe im Kühli stehen, da kannst du dich auch ein bisschen mit abkühlen. Außerdem könntest du deine Energie nutzen, um mir eine schöne erlebte Geschichte aus deiner persönlichen Wo-sind-die-einsamsten-Strände,-die-traumhaftesten-Landschaften-und-nettesten-Menschen-Sammlung erzählen. Ein bisschen Heile-Welt-Stimmung nach diesem verflixten Tag würde mir gut tun."

Die beiden verlassen das Büro, nachdem Bill auch seinen Computer noch abgeschaltet und alles abgeschlossen hat. Sie tauchen in die kalte Kreuzberger Nacht ein, wo auch im Winter immer irgendwelche Menschen auf der Straße sind, die entweder die nächste Kneipe oder aber ihr warmes Zuhause ansteuern. Zum Glück ist Bills Wohnung nicht zu weit entfernt und verspricht auch wirklich warm zu sein.

"Schön, dass du nicht so ein Sparbrötchen bist und die Heizung ganz abdrehst, wenn du nicht zu Hause bist", freut sich Phil, als sie Bills Wohnung erreicht haben. "Denn in einer kalten Wohnung möchte ich dann doch kein kaltes Bier mehr trinken."

"Tja", gibt Bill zurück, "solange die Heizsysteme und Kraftwerke noch funktionieren, will ich sie auch nutzen. Wer weiß, wie's am 1.1. aussieht."

Mit diesen Worten lässt Bill die Tür hinter sich ins Schloss und sich selbst aufs Bett fallen, wo er eingeschlafen ist, bevor Phil mit einem Bier aus der Küche wieder zurückkommt.

4. Kapitel

Dienstag, 21. Dezember 1999

"Na, los jetzt, wir kommen sonst zu spät zum Zug."

Maria zieht Lena am Ärmel von dem Schaufenster des Bücherladens weg.

"Aber hast du die neue Computerzeitschrift gesehen? Da war ein Foto von Laura Croft drauf!"

Lena lässt sich nur schwer weiter ziehen. Maria strebt auf die Haupttreppe zu und ignoriert einfach das nervige Gemecker von Lena. Auf der Anzeigentafel leuchtet schon ein rotes Lämpchen neben dem IR mit Richtung Lübbenau.

"Ich hab's doch befürchtet, wir sind mal wieder knapp dran! Siehst du, der Zug ist schon da."

Beide rennen die Rolltreppe rauf. Auf dem Gleis herrscht ein heilloses Gedränge. Überall stehen Koffer und Taschen, Hunde versperren den Weg und die meisten Leute sehen völlig desorientiert aus. Maria zieht Lena hinter sich her in Richtung der ersten Wagentür.

"So, erst mal rein."

Durch den Lautsprecher werden sie darauf hingewiesen, dass der Zug jetzt abfahrbereit ist.

"Also, mein Schatz, ich muss jetzt raus! Setz dich einfach hier hin, wenn jemand mit einer Platzkarte kommt, stehst du auf und wartest auf den Schaffner. Der soll dir dann zeigen, wo dein Platz ist."

Sie küsst Lena noch schnell auf die Stirn, drückt sie in den Sitz und eilt an den hereinströmenden Leuten vorbei wieder zum Ausgang. Gerade als sie aus der Türe tritt, ertönt der schrille Pfiff vom Schaffner und der Zug setzt sich in Bewegung. Puh, denkt Maria, das war mal wieder knapp. Hoffentlich schafft die Kleine das.

Maria lässt sich von den Menschenmassen gen Ausgang treiben. Ihre Gedanken kreisen um Lena, die auf dem Weg zu Jacob ist. Wenn sie nur diese ewigen Schuldgefühle loswerden könnte. Sie hat alles versucht, um doch noch ein paar Urlaubstage zu bekommen. Nichts zu machen. Nun muss sie an allen Feiertagen arbeiten. Es hat zwar lange gedauert, aber am Ende konnte sie Jacob dazu überreden, am 30. Dezember mit Lena nach Berlin zu kommen. So konnten sie wenigstens etwas Zeit miteinander verbringen. Sie hat ihre Schichten so gelegt, dass sie über Silvester nicht direkt eingetragen ist, sondern nur in Bereitschaft bleiben muss.

Langsam nimmt die Panik unter den Krankenhausmitarbeiter immer mehr zu. Seit Anfang Dezember gibt es Koordinierungstreffen, bei denen sie über die Notfallpläne informiert werden. Allerdings ist es ziemlich übertrieben von *Plänen* zu sprechen. Richtige Pläne gibt es nicht, nur allgemeine Anweisungen. Irgendwie bleibt jedes Mal ein ungutes Gefühl zurück, denn so richtig weiß niemand, auf was sie sich eigentlich vorbereiten sollen. Von diesen Treffen und den Plänen erzählt sie Jacob lieber nichts, die Telefonate mit ihm sind eh schon schlimm genug. Ihr Vater ist schon richtig besessen von den Horrormeldungen. Sie hat ihn aber streng ermahnt, nichts von seiner Panik Lena merken zu lassen. Aber richtig wohl fühlt sie sich bei all dem nicht.

Maria lässt sich immer noch von der Menge treiben. Sie hat heute noch viel Zeit, da sie erst zur Spätschicht im Krankenhaus sein muss. Die meisten Weihnachtsgeschenke hat sie ja schon gekauft und Lena mitgegeben. Am 30.Dezember, wenn die beiden nach Berlin kommen, wollen sie dann noch mal eine gemeinsame Bescherung feiern. Dafür fehlen ihr nur noch Kleinigkeiten. Der Strom, der nach Weihnachtsgeschenken Suchenden, reißt Maria mit und zieht sie zum Weihnachtsmarkt an der Gedächtniskirche. Die Buden sind wie jedes Jahr mit grünen Plastiktannen geschmückt. Der Inhalt der Buden ist auch identisch mit dem vom letzten Jahr. Ledertaschen, Glaskitsch oder Kuscheltiere. Der Duft von gerösteten Mandeln und Erbsensuppe steigt Maria in die Nase. Vielleicht sollte sie erst mal einen Glühwein trinken, um in die richtige Stimmung zu kommen.

Sie sieht sich nach einer Alk-Bude um, erblickt aber nur eine große Ansammlung von schwarz gekleideten Menschen. Neugierig geht sie auf die Gruppe zu.

"Keine Macht der Atomlobby!"

Ein junger Mann mit Megafon schreit die Parole mehrmals hintereinander der Menge zu. Ein Chor aus Trillerpfeifen unterstützt seine weiteren Forderungen nach sofortigem Ausstieg aus der Kernenergie und einem Ausschalten aller Reaktoren noch vor Silvester. Maria erstarrt vor Schreck. Neben ihr steht eine junge Frau, auch in schwarz gekleidet und mit Flugblättern in der Hand.

Maria beugt sich zu ihr und versucht möglichst laut zu sprechen: "Warum sollen die Reaktoren unbedingt vor Silvester abgeschaltet werden?"

Die junge Frau blickt Maria erfreut an.

"Haben Sie noch nichts vom Computergau gehört?"

Maria schüttelt den Kopf.

"Also, am 31.Dezember um Mitternacht werden die meisten Computer abstürzen, wegen der Datumsumstellung. Was glauben Sie, was dann in den Atomreaktoren passieren wird? Wir versuchen schon seit Monaten, von der Regierung Informationen über die Kontrollen zu bekommen. Es gibt aber keine fundierten Wartungsergebnisse die belegen, dass die Reaktoren die Datumsumstellung gut überstehen werden!! Die Folgen eines nur kleinen Fehlers in einem der vielen Atomreaktoren könnte ein ganzes Bundesland verstrahlen! Ganz zu Schweigen von den Folgen für den Rest von Deutschland."

Maria starrt die Aktivistin ungläubig an.

"Sind Sie sicher, dass die Atom – äh - Computer das nicht schaffen werden?"

Die Aktivistin reicht Maria ein Flugblatt.

"Hier können Sie selbst lesen, was wir alles versucht haben, um an zuverlässige Infos zu kommen. Aber mal ehrlich! Ich möchte lieber auf Nummer Sicher gehen! Wenn erst mal so ein Supergau losbricht, dann ist alles zu spät!"

Lautes Geschrei von der anderen Seite der Gruppe lenkt die Aufmerksamkeit der Aktivistin auf sich. Sie sieht Maria unschlüssig an, entscheidet sich aber dann für den Tumult auf der anderen Seite und drängelt sich in diese Richtung. Maria steht tief in Gedanken versunken am Rande der Kundgebung als das Gedränge immer stärker wird und sie langsam davongeschoben wird. Die Sprechchöre werden leiser, die Weihnachtsmusik die aus den verschiedenen Buden zu hören ist mischt sich mit dem Gemurmel der Menschen, die sich an ihr vorbei drängen.

"Ich glaub das alles nicht!" seufzt Maria vor sich hin.

Endlich stößt Maria auf einen Stand, der Glühwein verkauft. Sie drängelt sich etwas vor und ersteht so das heißersehnte Getränk. Nach dem ersten Schluck muss sie husten und ihre Augen beginnen zu tränen.

Puh, bin ich schon so aus der Übung, denkt sie, und beginnt schon zu schmunzeln. Irgendwie ist es einfach zu viel. Lena, die aufreibende Krankenhausarbeit und dann noch Jacob. Ach ja, und dann natürlich diese Jahrtausendhysterie! Nur noch zehn Tage und dann werden wir alle wissen, ob es zum Zusammenbruch kommt oder nicht. Das Schlimmste an dieser ganzen Geschichte ist, dass sie nur einen Bruchteil von all dem Computerkram versteht. Sie kann sich einfach nicht die Ausmaße vorstellen, und wie könnte sie unter diesen Bedingungen zu einer einigermaßen objektiven Einschätzung kommen.

Im Krankenhaus haben sie sich alle auf einen Kompromiss eingelassen. Wir wissen alle nichts Genaues, aber versuchen wie immer unser Bestes zu geben! Irgendwie auch etwas makaber, oder? Aber genau so läuft es doch. Gedanklich werden die einzelnen Fakten, Befürchtungen und Vermutungen so lange im Kopf hin und her geschoben, bis die Gefahr auf eine begreifbare Größe zurechtgestutzt ist. Tja und damit lässt es sich dann leben. Zumindest bis eine neue Information oder Horrormeldung auftaucht. Aber dieses ewige Gedankenkarussell ist einfach unglaublich ermüdend.

Maria blickt um sich und bemerkt, dass sich die Lichter der Weihnachtsbuden auch leicht drehen und sie ihren Glühwein schon ausgetrunken hat.

Hubs, ich glaube, ich habe schon einen kleinen Schwips. Na, denn mal los! Sie schiebt sich an einer jungen Frau mit auffallend roten kurzen Haaren vorbei. Leicht verschwommen nimmt sie noch die große etwas eckige schwarze Brille wahr, bevor sie sich dann wieder von der Menge wegziehen lässt.

Während sie sich so an den verschiedenen Buden vorbeitreiben lässt, denkt sie an die Geschenke, die sie noch besorgen muss. Die Müdigkeit, die durch den Wein noch verstärkt wurde, versetzt sie in einen angenehmen, gleichgültigen Zustand. Ach, dann kauf ich die restlichen Geschenke eben morgen. Was soll's?

Gerade als sie den U-Bahn-Eingang erblickt, hört sie die Stimme eines Marktverkäufers.

"Hier, der definitive Bug-Killer! Für alle, die ihren Computer gut ins nächste Jahrtausend bringen wollen!"

Maria bleibt verblüfft stehen. Sie geht näher zum Stand und sieht sich die CDs an. Der Mann redet ohne Unterlass, aber die Worte ziehen an ihr vorbei. Vielleicht wäre das etwas für Lena? Einige der Leute beginnen ein lautes Streitgespräch über den Sinn oder Unsinn dieser CD. Maria ist das aber egal, sie reicht dem Mann einen Zwanzig-Mark-Schein, murmelt etwas als Erklärung in die Menge und verschwindet erleichtert in Richtung U-Bahn.

***

"Bei mir war alles ruhig heute Vormittag", erklärt Phil ihrer Kollegin Monique. "Ich geh mal schnell zum Weihnachtsmarkt. Nimmst du bitte mein Telefon, falls irgendwas ist?"
"Klar", erwidert diese. "Musst du noch Weihnachtsgeschenke besorgen?"
"Na ja, nicht so richtig. Eigentlich habe ich für alle schon was gefunden. Aber ich hätte so gern noch eine Kleinigkeit für Bill. Irgendwas Witziges, was auch zu ihm passt. Mal sehen, ob ich was finde. Also dann, bis später."
Phil schlüpft in ihre Jacke, schlingt sich ihren langen Schal einige Male um den Hals und verlässt die Großstadtbank. Berlin ist kalt und grau, wie immer um diese Jahreszeit. Lediglich die vielen Weihnachtsmärkte sorgen dafür, dass die Stadt etwas seltsam Romantisches bekommt.
Am Breitscheidplatz angekommen schlendert Phil über den Markt.
"Ach, was soll's", denkt Phil, "ich werde einfach zum Aufwärmen einen Glühwein trinken. Der wird mich schon nicht gleich umhaun."
Während sie den Styroporbecher umklammert, geht sie langsam weiter und sieht sich um. Jede Menge Kram gibt es hier. Holzschnitzereien aus dem Siebengebirge, handgedrehte Bienenwachskerzen, seltsame Häkelschwäne, die wohl irgendwelche Frauen in mühsamer Handarbeit gefertigt haben, Mobiles aus Indonesien,

bei deren Anblick Phils Gedanken sofort wieder in die Ferne schweifen. Aber sie kann nichts erspähen, was sie Bill gerne zu Weihnachten schenken würde. Dieser ganze Ramsch mag ja ganz nett sein, hat aber keinen Pfiff.

"Ich muss mich auf den Rückweg machen", denkt Phil nach einem Blick auf die Uhr. "Schade, dass ich so gar nichts für Bill finden kann."

Kurz vor dem Eingang zur U-Bahn fällt ihr an einem Stand ein vertrauter Schriftzug auf: Y2K. Es stehen jede Menge Menschen vor dem Stand und es scheint eine Art Diskussion im Gange zu sein. Als Phil näherkommt, hört sie ein paar Fetzen.

"Das gibt's doch gar nicht!" erklärt ein Mann im Brustton der Überzeugung.

"Wenn du im Ernst glaubst, mit einer einzigen CD sei das Problem in den Griff zu kriegen, frage ich mich, warum sie nicht schon viel früher auf den Markt gekommen ist", gibt ein anderer zu bedenken.

"Ach, wissen Sie, das ist mir ziemlich egal. Ich werde sie auf jeden Fall für meine Tochter zu Weihnachten kaufen. Sie kostet nur 19,99 DM und das ist, selbst wenn sie nicht funktioniert, eigentlich nicht zu teuer. Und es bestehen Chancen, dass sie zumindest den kleinen Computer meiner Tochter übers Jahr 2000 rettet. Vielleicht genügt sie nicht für große Computeranlagen, aber probieren kann sie es ja mal."

Mit diesen Worten legt die junge dunkelhaarige Frau einen Zwanzig-Mark-Schein auf den Tisch und nimmt sich eine CD.

Phil sieht sich die CD genauer an. ‚Bug Killer' heißt das Wunderding. Angeblich stellt sie automatisch das Betriebssystem so um, dass die Datumsumstellung zum Jahr 2000 kein Problem mehr sei. ‚Das ultimative Tool, das auf keinem Gabentisch fehlen darf' steht auf der Rückseite. Phil grinst, als sie das liest.

"Ich hätte nicht gedacht, dass der Millennium Bug doch noch so vermarktet wird", erklärt sie lächelnd dem Verkäufer. "Die Medien haben sich ja eher ausgeschwiegen darüber. Es kam nur ab und zu mal ein Artikel oder ein Bericht darüber. Glauben Sie, dass die CD tatsächlich funktioniert?"

"Aber ja", erklärt der Mann auf der anderen Seite des Verkaufstisches mit einer wichtigen Miene. "Ich ziehe seit Anfang Dezember über die verschiedenen Weihnachtsmärkte und habe bisher schon über 5000 CDs verkauft. Und in meinem eigenen Computer, über den ich meine gesamte Buchführung erledige, habe ich sie schon eingelesen. Und wenn meine Buchführung am 1.1. verschwindet, wäre das eine Katastrophe. Daran sehen Sie, wie sehr ich dieser CD vertraue, junge Frau."

"Ja", lacht Phil, "das sehe ich ein. Aber würden Sie sich auch in ein Flugzeug setzen, dessen Computerprogramm mittels Ihrer CD getestet wurde?"

"Na ja", stottert der eben noch so Überzeugte, "da bin ich mir nicht so sicher. Ich meine, niemand weiß genau, wie die Computer reagieren. Aber ich denke schon, ja, ich würde mich in dieses Flugzeug setzen."

"Okay, dann haben Sie mich jetzt tatsächlich überzeugt", erklärt Phil und kann sich ihr Lachen kaum verkneifen, "ich nehme eine."

Sie zahlt die CD, packt sie ein und hastet zur U-Bahn, um zurück zu ihrem Arbeitsplatz zu kommen.

"Wie witzig", denkt sie auf dem Weg. "Ich würde schon gerne wissen, ob der Typ tatsächlich so überzeugt von dem Ding ist oder ob es ihm egal ist und er eben seine Arbeit tut: möglichst viele Exemplare davon zu verkaufen."

In der U-Bahn nimmt Phil die CD nochmals aus ihrer Tasche und liest sich die Beschreibung auf der Hülle durch.

‚Einfach die CD ins CD-Rom Laufwerk einlegen, installieren und fertig. Das Programm aktualisiert automatisch alle Datumsangaben auf Ihrem Rechner und stellt zweistellige auf vierstellige Daten um,' liest sie dort.

Wenn's doch nur so einfach wäre, denkt Phil. Allein das Thema Geld scheint ihr in dieser Hinsicht als ein riesiges unlösbares Problem. Ob die Banken es wohl schaffen, all ihre Computer rechtzeitig umzurüsten? Und auch die anhängenden Firmen, schaffen die es, ihre Daten so aufzubereiten, dass sie Jahr-2000-kompatibel sind und die Bankenrechner nicht stören? Dass nicht alles so reibungslos läuft, wie es nach außen hin den Anschein haben soll, hat sich ja bereits am 9.9. gezeigt. Es war eine mühselige Arbeit, die fehlerhaften Kontoauszüge wieder zu korrigieren. Dafür hat die Bank sogar Aushilfskräfte eingestellt, und das kommt wirklich nur in Notfällen vor.

Wie die Auszugsdrucker wohl zur Jahrtausendwende reagieren? Vielleicht werden einfach sämtliche Guthaben gestrichen? Oder Zinsen für die letzten hundert Jahre gutgeschrieben? Kredite gelöscht? Oder erhöhen sich auch diese um Zinsen von hundert Jahren? Vielleicht werden automatisch Zwangspfändungen eingeleitet, weil der Computer liest, dass die Raten nicht gezahlt wurden?

Was wird an der Börse passieren? Ein Ort, an dem täglich Milliarden weltweit verschoben werden. Sind dort die Computer so weit vorbereitet, dass sie die Umstellung schaffen? Und auch hier stellt sich die Frage, ob Rückgriffe auf andere Rechner auch derart abgesichert sind, dass die Börsenrechner ihre Daten verarbeiten können? Oder bricht alles zusammen und es kommt zu einer weltweiten Rezession?

Was passiert, wenn es sich tatsächlich noch viele Menschen überlegen, dass es gefährlich sein könnte, das Geld auf der Bank zu lassen und es lieber cash unterm Kopfkissen horten wollen? Wenn es zu einem Banken-run kommt, wird das Bargeld, das dort zur Verfügung steht, nicht reichen. Wie kann eine Panik verhindert werden, die wiederum vermutlich zu einem Bankencrash führen könnte?

Phil sitzt in der U-Bahn und sinniert über diese Fragen nach. Aber es wollen ihr nicht so recht Antworten dazu einfallen. Es gibt wohl auch keine. Die Devise heißt: Versuchen, die Computer umzustellen und die Bevölkerung ruhig zu halten. Intern munkelt man aber viel eher ein: Abwarten und Tee trinken; wir tun was wir können, haben aber letztendlich nur einen sehr begrenzten Einfluss auf das, was passieren wird.

Manchmal kommt es Phil wie eine Naturgewalt vor, wie eine Flutwelle oder ein Taifun, deren Näherkommen man zwar beobachten kann, man kann auch Vorsichtsmaßnahmen treffen, aber schließlich ist der Mensch völlig hilflos ausgeliefert. Es kann nur eine Schadensbegrenzung vorgenommen werden, es lässt sich nicht verhindern. Aber Computer sind menschengemacht. Sie sind künstlich. Es handelt sich also nicht um eine Natur-, sondern um eine Kulturkatastrophe, handmade sozusagen. Dieser Gedanke jagt Phil eine Gänsehaut über den Körper. Wie viele dieser selbst gemachten Katastrophen stehen uns noch bevor?

Bills Großvater fällt Phil ein. Sie mag ihn. Er ist ein durchaus agiler Mann, der für die Ereignisse, die das Leben so bringen kann, nach wie vor aufgeschlossen ist. Er hat viel erlebt in seinem 70-jährigen Leben und steht trotzdem - oder vielleicht deshalb - den Ungradlinigkeiten im Leben offen gegenüber. Was wird mit seiner Rente passieren? Ob er sie wohl für Januar überwiesen bekommt? Bei Behörden ist Phil besonders skeptisch, was die Y2K-Vorbereitungen anbelangt. Die Privatwirtschaft hat schließlich ein Interesse daran, dass die Dinge weiterhin funktionieren. Ohne intakte Computer können sie auch keine Geschäfte machen und somit kein Geld verdienen. Aber die Behörden? Denen ist es doch völlig schnuppe, ob die Rentnerinnen und Rentner ihr Geld bekommen. Dann müssen sie eben ein paar Tage darauf warten. Als ob das so einfach wäre. Insbesondere die Rentnerinnen, die oft eine so geringe Rente erhalten, dass sie gerade so mit dem Geld auskommen, können nicht einfach so ein paar Tage darauf warten. Damit bricht ein sorgsam ausbalanciertes System für sie zusammen - und oft sind sie nicht so flexibel, um mit einer plötzlich auftretenden Veränderung umzugehen.

Die einzige Behörde, der Phil zutraut, sich rechtzeitig um die Umstellung zu kümmern, ist das Finanzamt. Die wollen schließlich Steuern eintreiben und damit den Staat finanzieren. Was für ein Gedanke, wenn das nicht mehr funktioniert! Damit können ja schließlich auch alle Gehälter für die Beamten nicht mehr ausgezahlt werden. Ha, denen sei's gegönnt! Sollen die doch auch mal sehen, wie das ist, ohne Geld auszukommen und außer ein "wir tun, was wir können" keine weitere Auskunft zu bekommen. Vielleicht lernen einige daraus und sind in Zukunft ein wenig freundlicher und hilfsbereiter zu ihren Klienten. Allerdings scheint Phil die Chance, dass diese Leute tatsächlich etwas lernen, doch sehr gering. Es könnte sich auch gegenteilig auswirken, sie könnten zukünftig argumentieren, dass sie schließlich selbst auch die Zeit ohne Geld überstanden haben, ohne rumzujammern.

Es wird sich sehr bald zeigen, welches von diesen Szenarios wohl eintreten wird. Phil hofft nach wie vor, dass es nicht so weit reichende Folgen haben wird, aber überzeugt ist sie davon keineswegs.

Wir werden sehen, denkt sie, als sie die Bank wieder betritt. Kaum ist sie in ihrem Büro angekommen, klingelt auch schon das Telefon. Sie wirft einen Blick auf das Display des Telefons und erkennt die Nummer. Lächelnd und guter Dinge nimmt sie den Hörer auf und flötet "Guten Tag, Frau Schmidt" ins Telefon.

"Na, wie geht's meiner liebsten Ex-Kollegin?" fragt sie.

Die Stimme von Jaqueline Schmidt auf der anderen Seite der Leitung hört sich gar nicht erfreulich an. Sie klingt deprimiert und ängstlich.

"Ach, mir geht es gar nicht gut. Wir hatten hier die Steuerprüfer im Haus und die drohen uns jetzt eine Klage wegen Beihilfe zur Steuerhinterziehung an", erklärt sie ihre Lage.

"Oh, Mist", erwidert Phil. "Was ist denn genau los?"

"Du weißt doch, wie das geht. Wir sind angehalten zum Wohl der Kunden zu beraten und das heißt einfach häufig: bring dein Geld ins Ausland. Leider ist das illegal. Und jetzt sieht es so aus, als ob es uns kleinen Beratern und Beraterinnen an den Kragen geht. Die Chefs halten sich raus. Und die Krönung ist, dass echt mein Bereichsleiter meinte, ich solle erst mal abwarten und einen Anwalt könne ich ja später noch einschalten. Ich! Verstehst du? Auf meine Kosten! Na, dem hab ich aber was erzählt. Schließlich habe ich für die Bank gehandelt und jetzt sollen sie mir wenigstens einen guten Anwalt bezahlen. Das wäre ja noch schöner, ich reiß mir hier für den Laden sonst was auf und die lassen mich am Ende hängen."

"Oh, ich verstehe, Jaqui", erklärt Phil einfühlend. "Wie konkret ist das denn alles?"

"Das wissen wir alle noch nicht so genau", erklärt sie weiter. "Theoretisch ist es möglich, dass die Anklage gegen uns Kleine fallengelassen wird, weil wir echt die kleinen Fische sind. Darauf hoffe ich natürlich. Trotzdem finde ich es eine unendliche Frechheit, dass die Chefs hier sich echt nicht um uns kümmern. Sie lassen uns mit der Angst vor der Anklage ganz schön im Stich. Und ich dachte immer, wir hätten hier ein ganz gutes Betriebsklima und die Leute würden aufeinander eingehen. Aber das gilt wohl nur in guten Zeiten. Schließlich sind wir hier nicht verheiratet und sind somit in schlechten Zeiten auf uns gestellt."

"Ja, hört sich echt nicht gut an. Aber wer weiß. Vielleicht profitierst du dann wenigstens privat an dem Millennium Bug. Vielleicht verschwinden die Akten einfach aus dem Computer, als seien sie nie drin gewesen", versucht Phil Jaqueline aufzuheitern.

"Na, da hoffe ich aber drauf. Ich bin ja nach wie vor nicht so von der Gefährlichkeit dieses Killerdings überzeugt wie du, aber in diesem Fall wäre es mir natürlich sehr angenehm, wenn du recht behieltest, Phil. Allerdings wäre es das erste Mal, dass ein Computer sich zu meinen Gunsten vertut. Oh, ich muss Schluss machen, ich kriege Kundschaft."

"Halte mich auf dem Laufenden, Jaqui. Und wenn du Hilfe brauchst, lass es mich wissen. Ich werde mich nach kompetenten Menschen umhören, okay?"

"Ja, Phil, mach ich. Vielen Dank. Bis demnächst, tschüß."

"Tschüß, Frau Schmidt."

Phil legt den Hörer auf und sieht nachdenklich aus dem Fenster. Es ist unglaublich, was so alles in Banken läuft. Manchmal findet sie die Machenschaften einfach unfassbar. Und dann wird eine tatsächlich hängen gelassen, obwohl sie nichts anderes getan hat, als die Anweisungen ihrer Vorgesetzten durchzuführen. Wie ungerecht diese Welt ist. Vielleicht straft der Computercrash wenigstens die Richtigen.

***

'Massenhafte Firmenkonkurse im Mittelstand erwartet - Führende Wirtschaftsexperten befürchten Probleme in mittelständischen Firmen bei der Computerumstellung in der Nacht zum 1.1.2000. Dies kann zu längerfristigen Produktionsausfällen führen ...'

Mishel wendet den Blick von dem Artikel der Berliner Morgenzeitung ab, ohne das Gelesene überhaupt registriert zu haben. Sie reißt die Seite aus der Zeitung heraus, zerknüllt sie und stopft sie in die noch nassen Turnschuhe. Auch die Seite mit den Todesanzeigen gehen den gleichen Weg. Mit den nun ausgestoppften Turnschuhen geht sie zurück ins Schlafzimmer, wo auf dem Bett ein Berg von Klamotten liegen.

Während sie die Schuhe und die Hosen in den Koffer packt, erscheint Paul im Türrahmen: „Sag mal Mishel, hast du die Zeitung von gestern gesehen? Da war ein Artikel über Mittelstandsfirmen und deren Probleme bei der Datumsumstellung drin. Ich kann den nicht wiederfinden."

Mishel unterbricht ihr Packen und blickt ihn an: „Nö, keine Ahnung. Ich habe nur ein paar Zeitungsseiten für meine Schuhe zum Ausstoppfen rausgerissen. Ist natürlich nicht auszuschließen, dass da dein Artikel bei war. War er denn sehr wichtig? Ich kann ihn ja aus den Schuhen rausfischen."

„Nee, lass mal", antwortet Paul, „ist nur halb so schlimm, vermutlich stand da eh nicht mehr drin als in der letzten Wochenzeitung."

Damit verlässt er das Schlafzimmer, geht ins Wohnzimmer und macht den Fernseher an. Mishel erkennt das Jingle der „Rechtsratgeber-Show" und hört nicht weiter zu.

„In dieser letzten Sendung des Jahres werden wir uns mit Fragen der Haftung und den Schadensersatzansprüchen beschäftigen. Aktueller Anlass sind mögliche Schäden, die aus den Problemen der Informationstechnik mit der Datumsumstellung auftreten können. Wer haftet für Schäden aus dem Computercrash?

Es gilt als sicher, dass es im Jahr 2000 weltweit zu einer Flut von Klagen gegen Versicherer und Hersteller kommen wird. Aus dem Bericht der Bundesregierung zur Jahr-2000-Problematik geht hervor, dass sich auf Grund der Vielgestaltigkeit der vertraglichen Regelungen keine allgemeinen Aussagen hinsichtlich der Haftungsgrundlagen machen lassen. Für die Bundesregierung besteht kein Anlass, in die Vertragsverhältnisse einzugreifen, da die Ursache der möglichen Probleme bereits seit langem bekannt sind.

Von Haftungsfragen besonders betroffen sind insbesondere die Berufshaftpflichtversicherung der Softwareanbieter. Konkret bedeutet das: die Hersteller können verklagt werden, weil sie fehlerhafte Produkte geliefert haben, wenn zur Jahrtausendwende die Technik streikt. Zwar gilt auch für den Kauf von Soft- und Hardware die gesetzliche Gewährleistungspflicht von sechs Monaten, die in den meisten Fällen schon überschritten ist. Wenn sich aber aus dem Vertrag ergibt, dass die Software auch nach 1999 funktionieren sollten, kann das Gericht den Hersteller trotzdem haften lassen.

Zentral bei der Frage von Schadensersatzansprüchen ist, dass die Branche seit Beginn der neunziger Jahre auf die Problematik aufmerksam geworden ist. Ab 1995 hätten folglich nur noch Geräte mit einer vierstelligen Datumsangabe geliefert werden dürfen. Des Weiteren sind Haftpflichtversicherungen des Managements, Produktionshaftpflichtversicherungen für Hardware, Betriebsunterbrechungsversicherungen, Sach- und Sachfolgeschadenversicherungen sowie so genannte All-Risk-Versicherungen betroffen.

Der Präsident des Gesamtverbandes der Deutschen Versicherungswirtschaft erwartet in diesen Geschäftszweigen ein Schadenspotenzial, das in seinen Dimensionen überhaupt noch nicht bezifferbar ist. Inwiefern mangelnde Berücksichtigung des Jahrtausendwechsels in Soft- und Hardwarprodukten als grob fahrlässig anzusehen ist und damit gegebenenfalls zum Verlust des Assekuranzschutzes führt, bleibt offen.

Allgemein geht die Bundesregierung davon aus, dass die Verantwortung für die Jahr-2000-Fähigkeit der Informationssysteme in erster Linie bei den Anwendern liegt; sie müssen schon aus eigenem Interesse dafür Sorge tragen, dass der Jahrtausendwechsel ohne Schwierigkeiten verarbeitet werden kann.

Allerdings komme im Gegensatz zu den USA in der Bundesrepublik eine allgemeine Haftungsfreistellung nicht in Betracht. Dort wird derzeit ein genereller Ausschluss für Millenniumschäden diskutiert, da die schärfere Produkthaftung Folgekosten von einer Milliarden Dollar verursachen könnte. Zu hoffen bleibt, dass Sie, lieber Zuschauer, Anwalt sind. Denn eines ist sicher, die eigentlichen Gewinner werden Anwälte sein, sie sind die einzigen, die sicher vom Jahr-2000-Problem profitieren werden."

Mishel schließt den Koffer, blickt sich noch einmal prüfend um und überlegt: Hab ich auch alles? Die Weihnachtsgeschenke für die Familie und Pauls Eltern? Meine Zugfahrkarte? Ja, alles dabei.

Die Klamotten, die nicht mehr in den Koffer passen, räumt sie wieder in den Schrank.

Nach einem Blick auf die Uhr geht sie ins Wohnzimmer zu Paul: „Bist du so weit. Wir müssen so langsam mal zum Bahnhof fahren. Ich habe keine Lust auf die letzte Minute angehetzt zu kommen."

Paul schaltet den Fernseher aus: „Ihr Chauffeur steht ihnen zu Diensten."

Als sie aus der Haustür kommen, weht ihnen ein feucht-kalter Wind entgegen. Obwohl der Weg zum Auto nur kurz ist, sind beide völlig durchgefroren.

Nachdem Paul den Wagen angelassen hat, dreht er die Heizung voll auf und das Radio an: „Hier ist Radio Berlin-Brandenburg. Es ist 19.30 Uhr und hier sind die Nachrichten. Berlin: die Bundesregierung rief zur Besonnenheit auf. Die derzeitige Panikmache der Boulevard-Presse im Zusammenhang mit der Jahrtausendwende nütze niemandem. Der Bundeskanzler erklärte in seiner Rede vor dem Bundestag, dass die Regierung alle notwendigen Maßnahmen ergriffen habe, um das Jahr-2000-Problem zu lösen. Im Rahmen der bestehenden Haushaltspläne und Finanzplanungen seien alle Bundesvorhaben, einschließlich der auf die Wirtschaft zielenden Informationsmaßnahmen, finanziell abgedeckt.

Er rechtfertigte nochmals die Ablehnung von speziellen Förderprogrammen für die Wirtschaft, da das Problem absehbar gewesen sei. Er kritisierte die in den Medien kursierenden Schätzwerte der möglichen wirtschaftlichen Beeinträchtigungen. Diese würden sich jeglicher methodischen Überprüfungen entziehen und seien daher nicht seriös verwendbar. Dies betreffe die Aussagen über Großunternehmen in gleichem Maße wie über die Mittelständler. Schätzungen über das Ausmaß und die Wahrscheinlichkeit für eine weltweite Rezession seien nicht mehr wert als die Regenwahrscheinlichkeit, die uns der Wetterbericht jeden Morgen liefere. Er geht davon aus, dass das neue Jahrtausend nicht anders beginnt, wie das alte aufhört.

Potsdam: Der Präsident der IHK Potsdam erläuterte gestern in seinem Vortrag in der Stadthalle Potsdam die wirtschaftlichen Auswirkungen der Jahrtausendwende. Ein Problem sei das immer noch bestehende erhebliche Wahrnehmungsdefizit vieler Unternehmen.

Während immer noch gut 2 Prozent der europäischen Großunternehmen keine Jahr-2000-Aktivitäten zeige, habe zum Beispiel die Deutsche Telekom oder die Lufthansa bereits dreistellige Millionenbeträge investiert, um das Problem in den Griff zu bekommen.

Allerdings hätten bisher mehr als 10 Prozent der Mittelständler nicht begriffen, dass wir nicht auf einer Dateninsel leben. Das Problembewusstsein sei folglich weiterhin vergleichsweise gering ausgeprägt. Die rechtzeitige Modifikation aller Programme sei aber unvermeidbar und zwingend notwendig und könne nicht über Nacht erledigt werden. Der Aufwand dafür sei immens und im Grunde ohne jeglichen Mehrwert für das Unternehmen.

Der DIHT habe große Anstrengungen unternommen, um seine größtenteils mittelständischen Mitglieder in den IHKs aufzuklären. Ein Durchbruch im Bewusstsein der Mittelständler, dass sie ein Problem haben, das bis zur Insolvenz führen kann, ist bis heute nicht erreicht. Dies sei insofern prekär, da diese zumeist nicht über eigene IT-Abteilungen und damit auch nicht über das entsprechende Expertenwissen verfügen. Weiterhin verfügen sie tendenziell über ältere und somit stärker problembehaftete Hard- und Software, da aus Kostengründen einmal angeschaffte Geräte und Programme länger eingesetzt werden und es häufig auch an aktuellen Updates beziehungsweise regelmäßiger Wartung fehle. Der IHK-Präsident betonte, dass das Jahr-2000-Problem keine Erfindung geldhungriger Programmierer sei, sondern eine echte Gefahr. Dies hätten Tests mit Rechnern und chipgesteuerten Maschinen ergeben. Wer das Problem zu lange ignoriert habe, dem helfe jetzt nur noch ein Notfallplan. Wie andere Fachleute auch, traue er sich zwar nicht, ein verlässliches Szenario für den Zustand der deutschen Wirtschaft im Jahr 2000 zu geben, aber Untersuchungen der Zulieferer der Siemens AG zufolge sind etwa 30 Prozent der Firmen zu Beginn des nächsten Jahres weit davon entfernt liefern zu können – besonders Zulieferer im Ausland und Kleinfirmen.

Auch die Unternehmensberatung Cap Gemini schätzt, dass ein Zehntel der heimischen Unternehmen an der Umstellung scheitere. Die führe dazu, dass ganze Industriezweige lahm gelegt und neun Prozent des deutschen Bruttoinlandsproduktes gefährdet seien. Weltweit gesehen sei eine große Wirtschaftskrise nicht auszuschließen.

Abschließend bemerkte Meyer, dass alle Dinge, die wir uns heute vorstellen, wahrscheinlich auch geschehen werden. Aber nicht alle überall und zur gleichen Zeit. Es wird da und dort knallen, aber es wird uns nicht aus den Angeln heben. Er rechnet damit, dass es mehrere Katastrophen in der Größenordnung von Jumbo-Abstürzen geben wird.

Moskau: Der russische Präsident ..."

Mishel dreht das Radio aus.

„Lass doch mal", knurrt Paul, während sie in die Torstraße einbiegen.

„Wieso? Wen interessiert das?" entgegnet Mishel, „der Kanzler hat ausnahmsweise mal ganz recht, diese ganze Panikmache ist doch zum Kotzen. Alle benehmen sie sich, als käme mit dem Jahreswechsel das Jüngste Gericht in Form einer banalen Datumsumstellung. Du lässt dich ja davon auch völlig anstecken."

„Mishel! Ich glaube, du unterschätzt das Ganze etwas. Ich finde, die Regierung will bloß beschwichtigen und das Problem runterspielen. Dieser Fortschrittsbericht liefert doch nie im Leben ein realistisches Bild. Wenn es seitens der Bürokratie eine Anfrage gibt, dann wird man die auch bürokratisch beantworten. Das heißt, dieser Fortschrittsbericht heißt so, damit es einen gibt. Aber ansonsten ist das Ganze doch keineswegs zur

Chefsache erklärt worden wie in den USA oder in England.

Übrigens: die Probleme, die möglicherweise auftreten, werden oder können auch mich beziehungsweise meine Firma betreffen. Stell dir doch nur mal vor, was alles passieren kann. Wir fangen übermorgen mit der Herstellung einer Kulisse für einen großen Kinofilm an. Die muss am 3.1. fertig sein, weil dann Drehbeginn ist. Da es weltweit circa 25 Milliarden Steuerchips gibt, die an Silvester auf Doppelnull stellen, bin ich mir ziemlich sicher, dass auch unsere Holzschneidemaschinen, Fräser und Bohrer solche Chips haben. Diese Teile funktionieren dann vielleicht nicht mehr, das heißt sie können sich unkontrolliert Ein- oder Ausschalten oder Fehlfunktionen auslösen. Das ganze Material in Höhe von 50.000 DM wäre dann hin.

Wie der Typ im Radio schon sagte, ich habe überhaupt nicht das Know-how und das Geld, um die Maschinen checken zu lassen. In den Medien ist ja auch immer die Rede von den Problemen der Automobilindustrie, die „just in time" produzieren, das heißt es wird dann geliefert, wenn die Einzelteile im Fertigungsprozess gebraucht werden.

Aber auch meine Firma ist davon betroffen. Schließlich habe ich das Material, das ich brauche, ja auch nicht auf Halde. Während nun bei den Autobauern die Bänder still stehen, wenn einer der zahlreiche Lieferanten nicht liefern kann, werde ich die Kulissen nicht herstellen können, wenn ich das Material nicht bekomme. Dadurch kann der Dreh nicht rechtzeitig beginnen und die Leute vom Set können nicht arbeiten. Was meinst du, wie teuer diese Ausfälle werden. Das ist dann der reinste Domino-Effekt, weil ja alles irgendwie zusammenhängt und voneinander abhängig ist.

Bei der nächsten Produktion kommt noch hinzu, dass die Kernszene ein große, lange und reichgedeckte Tafel sein wird. Wir sind auch dafür verantwortlich, dass das Essen darauf steht. Automatisierte Lagerhaltungssysteme sind vereinzelt jedoch bereits zur Jahr-2000-Falle geworden. Denn Produkte mit einer Haltbarkeit bis 2001 werden vernichtet, weil ihre auf zwei Stellen geeichten Chips „01" als 1901 lesen. Ich weiß also nicht, ob wir die Essenssachen überhaupt rechtzeitig bekommen. Es ist echt zum Kotzen. Wenn das alles wirklich so passiert, kann ich Konkurs anmelden und bin persönlich finanziell ruiniert", erklärt Paul zunehmend aufgeregter.

„Pass doch auf", kreischt Mishel, „du wärst dem fast hinten drauf gefahren. Lass mich lieber fahren, wenn du keine zwei Sachen auf einmal machen kannst!" fügt sie bissig hinzu. „Außerdem hängt mir das Thema zum Hals raus! Egal ob man die Zeitung aufschlägt, das Radio oder den Fernseher anmacht immer nur dieses Zeugs. Selbst du und deine Freunde reden von nichts anderem mehr. Man kann sich überhaupt nicht mehr vernünftig unterhalten. Neulich das Geburtstagsessen bei Barbara und Jörg zum Beispiel. Da sitzen acht Leute an einem Tisch und es gibt den ganzen Abend nur ein Thema!"

„Ist das denn so unverständlich?" entgegnet Paul gereizt, „schließlich erlebt man ja nicht jedes Jahr eine Jahrtausendwende. Außerdem betrifft das Jahr-2000-Problem halt alle irgendwie und niemand weiß, was wirklich passieren wird. Mit dir kann man ja nicht darüber reden. Du machst einfach die Augen und Ohren zu und glaubst, dass dies alles nur blödes Gerede sei. Aber selbst du müsstest mitbekommen haben, dass sich seit der letzten Jahrtausendwende einiges geändert hat!"

„Ich weiß nicht, was das jetzt damit zu tun hat!"
schnappt Mishel zurück, „ich weiß ja, dass du meine
wissenschaftliche Forschungsarbeit nicht leiden
kannst. Aber es gibt durchaus Parallelen. Auch damals
dachten die Leute, dass die Welt untergeht und nichts
ist passiert. Der Unterschied zu heute ist nur, dass die
Apokalypse durch zwei Nullen ausgelöst werden
könnte. Das Gerede darüber, ob es eine Katastrophe
geben wird oder nicht, ist allerdings ähnlich: keiner
weiß es genau! Und genau dieses Unwissen und die
Vermutungen treten sie nun in den Medien breit und
verbreiten diese Hysterie. Selbst du lässt dich davon
anstecken!"
Erbost blickt sie Paul von der Seite an.
„Weißt du, Mishel", beginnt Paul etwas ruhiger, während er den Ku'damm entlang fährt, „du bist eine
Ignorantin. Du lehnst alles von vornherein ab, ohne
dir auch nur die Argumente anzuhören. Die Probleme
sind einfach da und das bestreitet außer dir auch niemand. Du denkst nicht einmal einen Moment darüber
nach, welche Konsequenzen das für meine Firma haben
könnte, für meine berufliche Zukunft ..."
„Ja, ja, immer nur du, du, du", unterbricht ihn Mishel
genervt.
„Es geht aber nicht einmal nur um mich!" fährt Paul
böse fort während er auf den Bahnhofsvorplatz einbiegt, „du verwendest ja nicht mal einen Gedanken
daran, was das alles auch für uns bedeuten könnte.
Meinst du, irgendjemanden würde noch deine Forschungsarbeit interessieren und finanzieren, wenn die
Wirtschaft zu Grunde geht? Von was, glaubst du,
könnten wir dann leben?"
Paul fährt langsam die Reihen parkender Autos ab.
„Genau das ist es! Ich höre immer nur 'könnte', 'würde', 'möglicherweise' etc. DAS ist Hysterie!"
schimpft Mishel. „Du übertreibst gnadenlos. Du redest

wie in einem Kitschroman: wovon sollen wir nach der Katastrophe nur leben, oh meine Geliebte???" äfft sie ihn nach.

„Von Luft und Liebe ja wohl offensichtlich nicht", entgegnet Paul zynisch.

„Danke, das reicht! Halt bitte an! Du brauchst nicht mit zum Bahnsteig zu kommen" befiehlt Mishel.

Paul hält sofort an und lädt ihren Koffer aus dem Auto: „Mishel ... ich ...".

Mishel unterbricht ihn abrupt: „Frohe Weihnachten!!!" Wutentbrannt schnappt sie sich ihren Koffer und stapft in die Bahnhofshalle, ohne sich noch mal umzudrehen.

5. Kapitel

Donnerstag, 30. Dezember 1999

„Sehr geehrte Damen und Herren, in wenigen Minuten erreichen wir Stuttgart Hauptbahnhof. Fahrplanmäßige Ankunft 13.12 Uhr. Sie haben Anschluss an folgende Züge: ..."

Oh je, denkt Mishel und blickt aus dem Zugfenster, stehen da viele Leute auf dem Bahnsteig. Wahnsinn, wie viel Leute vor und nach Weihnachten mit dem Zug durch die Republik reisen. Nur gut, dass ich eine Platzreservierung habe.

Sie wendet ihren Blick ab und vertieft sich wieder in das Buch von dem Historiker Illig, der doch tatsächlich behauptet, die Jahre zwischen 600 und 900 hätte es gar nicht gegeben. Obwohl Mishel das für totalen Blödsinn hält, hat sich doch ein wenig Angst, dass diese Thesen nicht nur populär, sondern auch in Fachkreisen ernsthaft in Erwägung gezogen werden könnten. Sie müsste dann ihre eigene ganze Forschungsarbeit neu überarbeiten.

Das Buch hatte sie sich zu Weihnachten von ihrem Bruder Lukas gewünscht. Schon seit Jahren schenkten sie sich gegenseitig Bücher von denen der jeweils andere nicht das Geringste versteht. Mishel hat ihm dieses Jahr ein Werk über irgend so einen bekannten Quantenphysiker gekauft. Lukas ist einer dieser hoch begabten Wissenschaftler, die schon mit Ende zwanzig ihren Doktor hatten und nun mit 33 fast habilitiert haben. An der Uni München wartet schon ein gut dotierter Job auf Lukas.

Mishel blickt wieder aus dem Fenster als der Zug gerade anfährt. Der Bahnsteig ist jetzt wesentlich leerer, dafür quetschen sich die Leute durch den Gang des Großraumwagens auf der Suche nach einem freien Platz. Zwischen Lukas und ihr hat es schon von Kindheit an einen intellektuellen Wettkampf gegeben, bei dem Mishel auf Grund der Tatsache, dass sie 3 Jahre jünger war, oft unterlegen war. Aber die Tränen der Wut über die Unterlegenheit sind längst vergessen. Beide haben ihre Fachgebiete gefunden, von denen der andere überhaupt keine Ahnung hat, so dass sie in dieser Hinsicht nicht mehr miteinander wetteifern. Leider haben sie sich auf Grund dieser Tatsache auch nicht mehr allzuviel zu sagen. Lukas ist oder ist auf dem besten Wege dahin, das zu werden, was man einen zerstreuten Professor nennt. Er ist ständig im Labor und arbeitet wie besessen. Von seiner Frau, die als ‚Frau Doktor' zu Hause bei den zwei Kindern ist, bekommt er nicht besonders viel mit, was aber anscheinend keinen von beiden sonderlich stört. Denn Elise, ihre Schwägerin, blüht jedes Mal richtig auf, wenn sie als ‚Frau Doktor' und bald sogar als ‚Frau Professor' Lukas auf irgendwelchen Empfängen oder manchmal auch internationalen Kongressen begleitet. Mishel findet das total entsetzlich, wenn sich Frauen nur über die Arbeit ihrer Ehemänner definieren und macht sich insgeheim immer lustig über Elise.

Ein unvermitteltes „Guten Tag. Dürfte ich wohl mal durch an den Fensterplatz, der ist nämlich meiner", lässt Mishel aus ihren Gedanken hochschrecken. Vor ihrem Sitz steht ein untersetzter Mittvierziger und lächelt sie freundlich an. Nachdem Mishel ihn durchgelassen hat, widmet sie sich wieder ihrem Buch, in der Hoffnung, dass ihr neuer Platznachbar sie nicht ansprechen wird. Sie hasst es, wenn fremde Menschen sie in ein Gespräch verwickeln, meistens sind es nämlich Belanglosigkeiten und unsinniges Zeugs, auf das sie gut und gerne verzichten kann. Zu ihrer Beruhigung packt der Mann eine Zeitschrift aus und beginnt darin zu blättern.

Die Andeutung eines Lächelns huscht über Mishels Gesicht, als sie daran denkt, dass sie in dieser Hinsicht ihrem Bruder sehr ähnlich ist. Er ging sogar so weit, dass er sich nur Zugverbindungen heraussuchte, bei denen er davon ausgehen konnte, dass die Züge nicht so voll waren, dass er nicht zwei Plätze zur Verfügung hatte.

Komische Familie, denkt Mishel und muss jetzt grinsen. Das alles haben sie vermutlich nur ihrem Vater zu verdanken, einem Chemieprofessor an der heimatlichen Freiburger Universität. Er hasst Menschenaufläufe und bevorzugt als Urlaubsort meistens eine abgelegene Alm in den Alpen, wo außer ihnen sonst nur noch Kühe sind. Ihr Vater ist es auch, der den Wissenswettstreit seiner Kinder fördert, während ihre Mutter eher zu schlichten versucht. Heute sind beide sehr stolz auf ihre Kinder und ihr Vater versucht auch heute noch, die beiden herauszufordern.

Meist ist es jedoch nur zum Spaß, zum Beispiel wenn sie Trivial Persuit spielen, dessen Spielregeln sie so abgeändert haben, dass jeder nur Fragen aus seinem Fachgebiet beantworten muss, womit das Spiel meistens bereits nach 20 Minuten beendet ist. Ihrer Mutter, als Laienexpertin, fallen dabei die pink farbenen Fragen nach Schauspielern und Filmen zu.

Bei diesem Weihnachtszusammentreffen ist es allerdings nicht so gewesen, weil Lukas und seine Familie nur zwei Tage bei den Eltern waren. Sie sind bereits am zweiten Weihnachtstag wieder nach München gefahren, um von dort zu einer Kreuzfahrt in die Karibik aufzubrechen, die sie von Elises Eltern zum 10. Hochzeitstag geschenkt bekommen haben. Besonders die Kinder haben sich mächtig darauf gefreut, Silvester auf einem Schiff zu verbringen. So hat Mishel die letzten drei Tage im Wesentlichen mit Lesen und Wandern verbracht, denn belanglose Konversation oder Gespräche über persönliche Dinge sind nicht zu Stande gekommen.

„Die Fahrausweise, bitte", unterbrach wiederum

Mishels Gedankenfluss.

„Oh, Sie fahren nach Berlin?! Sie fahren doch nicht etwa wegen der gigantischen Silvesterparty hin, oder?" entfährt es ihrem Sitznachbarn, nachdem er einen Blick auf ihre Fahrkarte geworfen hat.

Jetzt ist es also doch passiert, seufzt Mishel innerlich.

„Ich wohne dort!" antwortet sie knapp und ohne aufzublicken, um möglichst den Fortgang eines Gespräches zu unterbinden.

Doch ihr Nachbar fährt unbeeindruckt fort: „Sie Ärmste! Das muss ja zurzeit schrecklich dort sein. Sie müssen wohl auch an Silvester arbeiten?!"

Immer noch bemüht, das Gespräch zu beenden ohne unhöflich zu sein, blickt Mishel ihn an: "Nein, wieso sollte ich? Ich arbeite an der Uni und die hat Ferien."

„Ach so, Sie wollen Ihre Wohnung und Familie wohl nicht alleine lassen. Na ja, und die notwendigen Einkäufe müssen schließlich auch noch gemacht werden", Mishel blickt ihn irritiert an, „Sie wissen doch: Notstromaggregat, Wasserkanister, Gaskocher, unverderbliche Lebensmittel ..., halt alles was man so braucht, wenn nichts mehr funktioniert."

Mishel blickt ihn zweifelnd an: Eigentlich sieht er nicht wie ein Irrer aus, überlegt sie, aber schließlich hat ihr selbst Paul gestern am Telefon irgendetwas darüber erzählt, dass sie unbedingt Wasservorräte anschaffen sollten. Dazu Reis, getrocknete Linsen, Erbsen, Bohnen und so weiter, sowie Dosenvorräte aller Art und Vitamine; genug für ein Jahr. Sie hatte ihn spaßeshalber gefragt, ob er vorhabe, im neuen Jahr eine besondere Diät zu machen. Unverständlicherweise fand er das offensichtlich gar nicht so lustig und hatte sie angeschnauzt, dass sie wie üblich mal wieder gar nichts mitkriege. Sie hatte seine Gereiztheit wie sonst auch auf die Arbeitsbelastung geschoben und war nicht weiter darauf eingegangen.

„Entschuldigen Sie, ich habe mich ja gar nicht vorge-
stellt", meldet sich ihr Gesprächspartner aufs Neue,
„mein Name ist Karl Mischewski. Ich wohne in Frankfurt und arbeite als Mess- und Regeltechniker beim
örtlichen Chemieriesen."

Das war's dann wohl, denkt Mishel resigniert und legt
ihr Buch beiseite: „Mishel van Dyck, Historikerin;
wohnhaft in Berlin."

„Ist das alles nicht schrecklich? Ich kann das einfach
nicht fassen!" Herr Mischewski legt nun richtig los,
„da buckelt man jahrelang, um sich ein wenig Luxus
leisten zu können, um im Alter versorgt zu sein und
dann sowas! Man kommt sich doch wirklich verarscht
vor - entschuldigen sie den Ausdruck - aber ist doch
wahr! Erst lassen sie uns im Dunkeln tappen, um dann
erst viel zu spät Alarm zu schlagen! Wie soll ich das
denn noch alles hinkriegen?!"

Mishel versteht zwar nicht so richtig worum es geht,
will es auf Grund ihres Desinteresses an solchen Gesprächen aber auch gar nicht wissen.

Um nicht völlig unfreundlich zu erscheinen, entgegnet
sie lapidar: „Kann man nichts machen. Wird schon
schief gehen", und lächelt ihn aufmunternd an.

Herr Mischewski blickt Mishel entgeistert an: „Dass
sie da so ruhig bleiben! Aber sie sind ja noch jung, da
geht man damit wahrscheinlich leichter um! Wissen
Sie, ich komme gerade von meiner Mutter, die ist fast
achtzig. Drei Tage vollste Hektik! Einerseits meine
Mutter beruhigen, andererseits die ganzen Erledigungen. Sie glauben gar nicht, wie schwierig es ist, genügend Kerzen zu bekommen. In den Supermärkten sind
fast alle ausverkauft. Da fahren sie dann von einem
Kaufhaus in das nächste, bis sie endlich genug zusammen haben. Meine Frau hat jeden Tag mehrmals
angerufen, nur um mir mitzuteilen, was es alles nicht
mehr zu kaufen gibt. Es ist furchtbar! Haben sie in den

letzten Tage mal probiert Campingkocher mit Zubehör zu bekommen? Im Winter wird so 'n Zeug ja normalerweise gar nicht verkauft. Ewig lange Schlangen an den Kassen und jeder bepackt mit 'nem Haufen Campingzeugs. 10 Kästen Mineralwasser habe ich für meine Mutter eingekauft, natürlich nur ohne Kohlensäure, damit sie damit auch kochen kann. Mir tut jetzt noch der Rücken vom Schleppen weh!

Und dann noch die ganzen Unterlagen kopieren", erschöpft lehnt sich Herr Mischewski im Sitz zurück, „ein irrer Aufwand: Rentenbescheide, Krankenkassenunterlagen, Kontoauszüge, Witwenrentenbescheid, Lebensversicherung, Bausparvertrag, Urkunden und und und. Fast drei Stunden war ich im Copy-shop! Meine Frau hat das alles auch mit unseren Unterlagen gemacht. Sie hat sogar noch länger gebraucht, weil es in Frankfurt überall so voll war. Und nachher muss ich auch noch auf Nachtschicht. Da wird auch die Hölle los sein. Ein Wunder, dass ich überhaupt die drei Tag frei bekommen habe. Seit Monaten werden die Anlagen immer und immer wieder gecheckt und jedes Mal funktioniert irgendetwas anderes nicht. Ich bin so unglaublich müde ..."

Mishel betrachtet die dunklen Ringe unter seinen Augen.

„Finden Sie das nicht ein wenig übertrieben?" fragt sie, obwohl sie immer noch nicht so richtig weiß, wovon er eigentlich redet.

„Was?" Herr Mischewski sieht sie entgeistert an: „Sie glauben doch nicht im Ernst daran, was die Regierung uns weismachen will?! Sie hätten alles im Griff und die Datumsumstellung sei überhaupt kein Problem. Es scheint so, als wäre die Anzahl der Nullen in der Regierung größer als die des neuen Jahrtausends", entrüstet er sich.

Nicht schon wieder das! denkt Mishel und entschuldigt sich, dass sie kurz zur Toilette müsse.

Die Gänge sind völlig mit Reisenden und ihrem Gepäck verstoppft. Erst jetzt bemerkt Mishel, wie viel Taschen und Tüten die Leute bei sich haben. Sogar ganze Kartons sind dabei. Vor der Toilette hat sich eine lange Schlange gebildet.

Die Leute gucken einfach zu viel Hollywood-Filme. Erwachsenen Leute sollte man doch eigentlich zutrauen, dass sie den Unterschied zwischen Fiktion und Realität kennen. Gott sei Dank stellen sich meine Eltern nicht so an. Ist ja peinlich! In jeder vernünftigen Zeitung kann man lesen, dass nicht mit größeren Schwierigkeiten zu rechnen ist, sagt Papa.

Während sie endlich an der Reihe ist und die schon arg verschmutzte Toilette betritt, wandern ihre Gedanken zu Paul. Er hatte vor ihrer Abfahrt auch 300 Kerzen gekauft. Wann sollten sie die denn alle aufbrauchen? Davon könnten sie ja die nächsten Jahre jede Woche ein Candle-light-Dinner machen. Bei dem Gedanken lächelt sie ihr Spiegelbild an. Dass Paul sich jetzt auch schon von dieser Panikmache anstecken lässt, ist kaum zu glauben. Er ist doch sonst immer so rational.

Muss wirklich an der Arbeitsüberlastung liegen, beendet Mishel ihre Gedanken, als sie sich wieder zu ihrem Platz durchdrängelt. In der Hoffnung, dass Herr Mischewski eingeschlafen ist oder zumindest das Thema vergessen hat, setzt sie sich wieder auf ihren Platz.

Aber ihr Nachbar ist putzmunter und setzt das Gespräch sofort fort: „Wussten sie, dass wir bis in die kleinsten Alltagsgegenstände vercomputerisiert sind? Ganz abgesehen von solchen Dingen wie Klimaanlagen, Rolltreppen, die einfach stehen bleiben. Auch der Bordcomputer in meinem Auto könnte dieses stillle-

gen, weil die letzte Wartung offensichtlich hundert
Jahr zurückliegt. Auch Geldautomaten spucken dann
keine Scheine mehr aus. Ach, was red ich denn?! Die
Probleme sind einfach unvorstellbar und unübersehbar.
Schauen sie sich zum Beispiel meine Armbanduhr an:
beste Markenqualität. Hat meine Frau mir zum 40.
Geburtstag geschenkt, weil ich immer wissen muss,
wie spät es ist, auch unter der Dusche oder beim
Schwimmen. Hier sehen Sie", fordert er Mishel auf
und nimmt seine Uhr ab, „Stoppuhr, Countdown,
Weckfunktion - alles voll digital. Vor zwei Wochen
war ich beim Juwelier und der sagte, dass ich die Uhr
vermutlich im neuen Jahr wegwerfen kann. Können sie
sich das vorstellen? 300 Mark hat sie gekostet und nur
wegen dieser blöden Nullen kann ich sie wegschmei-
ßen. Ist das zu fassen?"
Er hat sich jetzt richtig in Rage geredet.
Mishel versucht ihn mit einem Scherz abzulenken: „Da
bin ich ja wirklich im Vorteil, ich habe nämlich keine
Uhr."
Leider geht Herr Mischewski nicht darauf ein: „Mein
Anrufbeantworter wird's dann wohl auch hinter sich
haben. Das ist ein No-name-Produkt und der Elektro-
fritze meinte, da wüsste man auf keinen Fall, welche
Chips da drin sind und wie die reagieren. Er geht aber
davon aus, dass diese Billigdinger aus Südostasien
kommen und die legen keinen Wert auf Qualität."
Mishel ist allmählich etwas genervt von seinen Pa-
nikreden und versucht ihn zu beruhigen: „Jedenfalls
gibt es ja immer noch Geräte, die nicht mit einer Datumsanzeige ausgestattet sind, zum Beispiel Kaffeemaschine, Wecker, Kühlschrank, Waschmaschine und
so weiter."
Stattdessen schaut er sie völlig überrascht an. Aber
statt weiter aufbrausend zu sein, lehnt er sich zu ihr
herüber und erklärt ganz ruhig und leise: „Ich finde

Ihre Unbekümmertheit schon fast ein wenig erschrekkend. Lesen Sie denn keine Zeitung?"

Wütend holt Mishel Luft, aber bevor sie antworten kann, fährt Herr Mischewski fort: „Selbst Geräte, die keine Datumsanzeige bräuchten, haben oft eine. Und bei allen Dingen, die Sie gerade aufgezählt haben, kann das durchaus der Fall sein. Es kann also sein, dass Sie am Neujahrsmorgen aufstehen und Ihre Kaffeemaschine nicht mehr funktioniert und Ihr Kühlschrank sich von selbst abgetaut hat. Ihr Digitalwekker zeigt nichts mehr an und Ihre Stereoanlage gibt keinen Ton mehr von sich."

Gespannt sieht er sie an.

„Aber diese Panikmache ist doch wirklich übertrieben. Sie sagen doch selbst, es könnte sein, muss aber nicht, oder?" entgegnet Mishel.

Kopfschüttelnd beginnt Herr Mischewski seine Sachen zusammenzupacken. „Wissen Sie, Frau van Dyck", sagt er während er das Packen unterbricht, um sie anzusehen, „Ihre Naivität hat fast etwas Beruhigendes. Wenn das nur kein böses Erwachen gibt! Ich wünsche Ihnen jedenfalls noch eine schöne Weiterfahrt. Auf Wiedersehen."

Nachdem Mishel den Abschiedsgruß erwidert hat, lehnt sie sich in ihrem Sitz zurück und schließt die Augen. Kurz bevor sie einschläft hört sie den Anfang der Lautsprecherdurchsage: „Sehr geehrte Damen und Herren, in wenigen Minuten erreichen wir Frankfurt Hauptbahnhof. Sie haben Anschluss ..."

***

"Ich muss heute pünktlich weg. Bill kommt aus Frankfurt zurück. Er hat dort einen Ex-Kollegen besucht.

Ich will ihn am Zoo abholen", erzählt Phil ihrer Kollegin.

"Wir werden mit Sicherheit heute auch die Tür hier pünktlich verschließen. Es ist ja echt die Hölle los. Die Leute heben Bargeld ab wie nix. Die sind doch sonst nicht so spendabel zu Weihnachten. Ich hätte nie gedacht, dass es tatsächlich zu einem Y2K-Run kommen könnte. Was glauben die Leute denn? Die Welt geht unter? Was für alberner Quatsch! Die sollen zu Hause bleiben und uns hier in Ruhe lassen. Was für ein Stress!" beschwert diese sich.

"Ja, tut mir ja auch leid", erwidert Phil. "Aber ich muss heute echt pünktlich weg. Dann kann ich es gerade so schaffen, bis der Zug kommt. Ich komme dafür morgen früher, okay?"

"So habe ich das gar nicht gemeint. Geh du nur und hol deinen Süßen vom Zug ab. Mir geht nur die Unsicherheit, die da draußen herrscht, so auf die Nerven. Und alle quatschen mir die Ohren voll, dass sie ja volles Vertrauen zur Bank haben, aber in diesem Fall sozusagen über die Jahrtausendwende sie ihr Geld doch lieber im Auge behalten wollen. Die spinnen doch!"

"Na komm", versucht Phil sie zu beruhigen. "Jetzt versuch es doch mal mit deren Augen zu sehen. Die haben Existenzängste. Um ehrlich zu sein, hab ich mein Geld auch zu Hause", grinst Phil ihre Kollegin an.

"Ähm, ich auch", gibt diese etwas kleinlaut zu. Die beiden gucken sich an und brechen in schallendes Gelächter aus.

"Also los", gluckst Phil, "auf geht's zum Endspurt."

Noch immer lachend gehen die beiden an ihre Plätze zurück.

Phil reagiert auf das Telefonklingeln wie üblich mit einem Blick auf das Display, um die Nummer abzulesen. Ein Lächeln erhellt ihr Gesicht, ihre Augen leuchten als sie den Hörer abnimmt.

"Hallo, Süßer", flirtet sie ins Telefon. "Wo bist du?"

"Irgendwo zwischen Frankfurt und Berlin. Ich weiß es nicht so genau. Ich wollte dir nur sagen, dass ich mich auf dich freue, Phili."

"Na, das will ich aber auch schwer hoffen, Babe. Ich freue mich auch auf dich, Bill. Ich habe schon angekündigt, dass ich pünktlich die Bank verlassen muss, um dich abzuholen. Also lauf nicht weg, ich komme auf jeden Fall."

"Klar, ich warte auf dich. Ich muss dir noch was erzählen: In Frankfurt am Bahnhof kam gerade ganz schöne Hektik auf. Die haben hier irgendwo in der Nähe ein Kernkraftwerk und ein paar Typen haben Flugis verteilt und darauf aufmerksam gemacht, dass die Leute doch mal überdenken sollten, was passiert, wenn die Computer am 1.1. ausfallen. Es sind ziemlich üble Horrorszenarien dargestellt. Die Leute haben die Zettel gelesen und sich tatsächlich spontan zusammengestellt und die Lage debattiert. Und dann hat's auch nicht lange gedauert, da haben sich echt die ersten geschlagen. Dass diese Typen ihre Differenzen nie verbal ausdrücken können, werde ich nie verstehen. Na ja, auf jeden Fall kam dann gleich die Bahnpolizei, hat die Schläger getrennt und den Typen mit den Flugis erst mal zur Feststellung der Personalien, wie sie das so schön sagen, mitgenommen. Na, was sagst du dazu? Ist doch ein starkes Stück, oder?" entrüstet sich Bill.

"Und dabei haben die Leute doch recht. Ich meine, sie sollten sich schon mal ein paar Gedanken darüber machen, was passiert, wenn die Computersteuerung in Biblis ausfällt. Und kaum macht einer darauf aufmerksam, wird er auch schon verhaftet. Es ist echt unglaublich. - Bill, hörst du mich noch?"

Keine Antwort.

127

"Mist, kein Netz. Diese blöde Technik versagt immer dann, wenn's gerade spannend wird", mault Phil und legt den Hörer zurück auf die Gabel.

Was könnte denn tatsächlich passieren? Würden sich die Reaktoren einfach abschalten, alles würde still stehen und das ist möglicherweise nicht so gefährlich? Oder könnte es zum China-Syndrom kommen, das Phil aus dem Kino kennt? Kernschmelze?

Punkt 18 Uhr wird die Bank geschlossen und Phil verlässt das Haus. Der Zug soll um 18.15 Uhr ankommen, so dass sie es knapp pünktlich schaffen kann, wenn die U-Bahn gleich kommt. Aber nein, es wäre ja auch zu schön gewesen. Die Bahn fährt Phil genau vor der Nase weg und bis die nächste kommt, dauert es eine halbe Ewigkeit.

Um 18.20 Uhr kommt Phil dann endlich am Zoo an und hastet die Treppen zur DB-Vorhalle hoch. Sie liest die elektronische Anzeigetafel, um zu erfahren, auf welchem Gleis Bill ankommt. Da ist der ICE: Ankunft voraussichtlich mit 30 Minuten Verspätung.

"So ein Mist", denkt sich Phil. Sie hätte sich gar nicht so beeilen brauchen. Am meisten ärgert sie sich darüber, dass sie mal wieder der Bahn zugetraut hat, tatsächlich pünktlich zu sein. Dabei ist das in ihren Augen eigentlich ein Widerspruch in sich.

Und dabei ist noch nicht mal Silvester, kommt es ihr in den Sinn. Wenn sie es an normalen Tagen nicht in den Griff kriegen, dass ihre Züge pünktlich fahren, wie soll ein Mensch dann darauf vertrauen, dass sie ihre Computer Jahr-2000-fit gemacht haben.

Im Zug möchte ich auch nicht sitzen an Silvester, denkt Phil.

Noch gruseliger findet sie den Gedanken, in einem Flugzeug zu sitzen. Sie hat irgendwo gelesen, dass die Flugsicherheit auf den Flughäfen nicht mehr gewährleistet sein könnte. Von der Sicherheit der Flugzeuge mal völlig abgesehen. Selbst Air China hat dementiert, dass sie ihre Flugzeugchefs an diesem Tag zwangsweise fliegen lassen wollen. Das Risiko will einfach niemand eingehen.

Wie können nur Leute auf die Idee kommen, an diesem Tag tatsächlich zu fliegen. Das ist mir unbegreiflich, überlegt Phil.

Eine Lautsprecherdurchsage verkündet, dass der ICE aus Frankfurt jetzt auf Gleis 3 einfährt. Phil geht nach oben und versucht, Bill in diesem Gedränge zu finden.

* * *

"Mensch, Paul, was machst du denn hier?" brüllt Bill gegen den Lärm des Bahnsteiggedränges an. "Dass ich dich hier treffe - mitten im Gewühl!"

"Hey, Bill, alter Schwede, wo kommst du denn jetzt her?"

Bill lässt seine riesige Reisetasche mit einem Knall auf den Bahnsteig fallen. Überrascht hauen sich die beiden Männer auf die Schulter.

"Ich war in Frankfurt. Ich hab Jimmy besucht. Kannst du dich erinnern? Der hat doch auch mit uns Rugby gespielt."

Mit einem plötzlichen Strahlen im Gesicht unterbricht sich Bill.

"Entschuldige, Alter, da kommt meine Süße."

Phil drängelt sich mit gerecktem Hals und suchendem Blick durch die Menschen.

"Hey, Bill", ruft sie durch die Menge.

Sekunden später umarmen sie sich heftig.

"Ich bin so froh, dass du wieder da bist. Wie war's denn bei Jimmy?" will Phil wissen.

"Ach, hör bloß auf", seufzt Bill, "ich kann das Thema Y2K nicht mehr hören. Die ganze Zeit nur das eine

Thema - ich kann's echt nicht mehr hören. Die stecken bis zum Hals in Arbeit."

Bevor Phil antworten kann, wird sie im Gedränge zur Seite gestoßen und prallt gegen Paul.

"Oh, sorry", stammelt sie und erkennt ihn erst jetzt.

"Kennen wir uns nicht?"

"Klar kennt ihr euch. Das ist Paul, mein Rugby-Kumpel. Ihr habt euch doch auf der Party im Oktober kennen gelernt."

Paul grinst Phil an und reicht ihr etwas linkisch die Hand.

"Da treffen wir uns ja alle wieder. Ich warte gerade auf Mishel. Die ist auch in diesem Zug gekommen."

Jetzt blickt er sich um und sieht Mishel an der Informationstafel stehen.

"Mishel", schreit er und winkt. Als sie ihn erkennt, gibt er Zeichen, dass sie zu ihnen rüberkommen soll.

Phil entdeckt Mishel im selben Moment, stößt Bill leicht am Arm an, beide sehen sich im stillen Einverständnis an und verdrehen die Augen.

Oh Schreck, denkt Phil, die blöde Freundin von Paul. Auf die habe ich ja jetzt so gar keine Lust.

Mishel schleppt ihre schweren Taschen durchs Gewühl und lässt sie vor Pauls Füße fallen.

"Wie schön, dass du mich abholst", begrüßt sie Paul mit einem schnippischen Unterton.

"Hallo, Schatz, wie war die Reise", entgegnet Paul treuherzig. "Erinnerst du dich noch? Das ist Bill, mein Rugby-Kumpel, und seine Freundin Phil."

Ein knappes "Hallo" bringt sie hervor, bevor sie sich wieder an Paul wendet.

"Ich soll dich sehr von deinen Eltern grüßen. Sie waren sehr traurig, dass du an Weihnachten nicht zu Hause warst. Es wäre schön, wenn wir jetzt gleich gehen könnten. Die Fahrt war sehr anstrengend und der Zug war gerammelt voll."

Bill und Phil grinsen sich an.

Während sich die Menschenmassen auf dem Bahnsteig langsam verteilen, übertönt eine helle Kinderstimme die Geräuschkulisse.

"Huhu, Phi-hil."

Phil dreht sich um und sieht ein dunkelhaariges, pummeliges Mädchen auf sich zu rennen.

"Woher kenn ich die nur?" fragt sie sich.

"Hey, du bist doch Phil. Ich habe dich doch mit meinen Inlineskates überfahren. Und wir wollen dir doch immer noch den Bauchtanz vorführen. Hast du Zeit, dann können wir gleich zu meiner Freundin fahren."

Lena grinst Phil herausfordernd an.

"Hi, Kleine, sag bloß, du bist schon wieder allein unterwegs?"

"Nö", antwortet Lena.

Sie dreht sich um und zeigt auf Maria und Jacob, die gerade den Bahnsteig entlang kommen. "Ich war Weihnachten bei Opa Jacob im Spreewald und jetzt feiern wir Silvester in Berlin. Mama holt uns ab."

"Lena", tadelt Maria, "du sollst doch nicht immer fremde Leute ansprechen."

"Nein, nein, ist schon okay. Ich kenne Lena."

Maria sieht Phil skeptisch an.

"Wir haben uns vor ein paar Wochen im Görlitzer Park getroffen", erklärt Phil.

"Na, dann ist es ja gut", murmelt Maria beruhigt.

"Mama, das ist übrigens Phil. Sie heißt richtig Philippine. Lustiger Name, oder? Das ist meine Mama und das mein Opa", stellt Lena die Erwachsenen vor.

Maria und Phil grinsen sich an.

"Ich bin Maria Onken und das ist mein Vater, Jacob Onken", erklärt Maria lächelnd.

"Hallo, schön Sie kennenzulernen. Ich bin Philippine Bauer, genannt Phil, wie sie ja schon wissen", erwidert Phil.

Bill beugt sich zu Lena: "Hi, ich bin Bill. Phil hat mir schon von dir erzählt."

Im gleichen Moment klopft Paul Bill auf die Schulter.

"Hey, Kumpel, wir gehen jetzt mal."

Lena wird jetzt auch auf Mishel und Paul aufmerksam. Mit großen Augen blickt sie Mishel an: "Wow, du hast ja tolle Ohrringe. Mama, so welche will ich auch haben. Die glitzern so schön!"

"Lena!"

Verlegen und entschuldigend grinsend sieht Maria Mishel an.

"Schon in Ordnung. So sind Kinder nun mal. Und im Übrigen hat sonst noch niemand mein Weihnachtsgeschenk bemerkt", bemerkt Mishel mit einem Seitenblick auf Paul.

Paul ignoriert diese Bemerkung. Er schaut mit nachdenklichem Blick und gerunzelt Stirn zu Maria.

"Sagen Sie, kennen wir uns nicht? Sind Sie Krankenschwester?"

"Ja", nickt Maria.

"Dann haben Sie meine Hand verarztet, eine böse Schnittwunde."

"Hmm, nein, hmm, ja", stammelt Maria, ohne sich wirklich erinnern zu können.

"Maria?" erlöst Jacob Maria aus dieser peinlichen Situation, "ich unterbreche nur ungern euer Gespräch. Können wir vielleicht doch langsam nach Hause fahren? Die Bahnfahrt war anstrengend und ich bin wirklich müde."

Verlegen grinst er die anderen an.

"Ich bin eben nicht mehr der Jüngste."

"Das ist eine gute Idee", wirft sich Mishel ins Geschehen.

"Ja, da wäre ich dafür", flüstert Bill zärtlich in Phils Ohr.

"Na, dann wollen wir mal", verkündet Phil entschlossen.

"Aber der Bauchtanz", protestiert Lena.

"Nein, wir gehen jetzt", stimmt Maria ihrem Vater zu.

"Ja, dann wünsche ich Ihnen allen ein gesegnetes neues Jahr", verabschiedet sich Jacob.

"Das können wir gebrauchen", murmelt Bill halblaut.

Phil stößt ihn mit dem Ellenbogen in die Rippen.

"Ja, danke, für Sie auch", erwidert Phil in ihrem süßesten Großstadtbanktonfall.

"Wir schließen uns an", beendet Paul die Abschiedsszene, "und eine großartige Feier in das neue Jahrtausend!"

Daraufhin verlassen alle den Bahnsteig.

6. Kapitel

Freitag, 31. Dezember 1999 / Samstag, 01.01.2000

„Same procedure as every year, Miss Sophie", lallt der Butler aus ,Dinner for one'.

„Wusstest du, dass die beiden jetzt in die Kiste springen", fragt Bill und knabbert dabei Phil vielversprechend am Ohr, nachdem die Kultsendung zu Ende gegangen ist.

„Klar, Billie, das gehört doch echt zur Allgemeinbildung. Obwohl ich ,springen' für die beiden in ihrem Alter und vor allen Dingen für ihn in seinem Zustand nicht so die richtige Wortwahl finde. Und du? Willst du lieber kochen oder dich anderweitig vergnügen?"

„Ich habe einen Riesenhunger, aber die Küche kann doch noch ein wenig warten, oder?" flüstert Bill ihr ins Ohr während er weiterhin lustvoll daran rumknabbert.

„Hey", stöhnt Phil leise auf, „schön, dass ich bei dir bin."

Ihrer beider Hände machen sich selbständig und liebkosen und streicheln den Körper des anderen.

Er fühlt sich so gut an, denkt Phil und lässt sich von ihm auf der Couch zurücklehnen und lieben.

„Ich bin so froh, dass ich dich getroffen habe", gesteht Bill. „Du bist das Beste, was mir im vergangenen Jahr passiert ist."

„Ja, das glaube ich auch. Und wann hätte ich schon mal die Chance gehabt, auf einem Designer-Sofa rumzuhängen, wenn ich dich nicht getroffen hätte", lacht Phil. „Dann hätte ich ewig in meiner Hängematte bleiben müssen. Und da sind manche Stellungen einfach schwierig."

„Du Mistgöre! Ich dachte mir doch, dass du in Wirklichkeit nur hinter meinem Sofa her bist und nicht hinter meinem Körper, wie du immer behauptest", flachst Bill und wirft Phil dabei ein Kissen über.

„Benimm dich gefälligst ordentlich und habe ein wenig Respekt vor dem Alter", ruft Phill und schleudert das Kissen zurück.

Erst nachdem die Balgerei beendet ist, gehen die beiden endlich in die Küche und bereiten die Tom-Yam-Soup, Phils thailändische Lieblingssuppe zu.

„Was meinst du denn, was heute Nacht so alles passieren wird? Vorhin im Radio haben sie gesagt, dass ungefähr eine Million Leute am Brandenburger Tor sein werden. Außerdem werden auch noch ziemlich viele das Spektakel aus dem Flugzeug oder Helikopter beobachten. Ist doch irre, oder?" sagt Phil.

„Ach, im Moment habe ich keine Lust mehr, noch weiter darüber nachzudenken. Und es wird auch nur noch ein paar Stunden dauern, bis wir es einfach wissen. Wir müssen nur auf der Terrasse stehen und rausgucken, dann werden wir es erfahren."

„Okay, ich höre auf davon. Aber denk dran, dass wir nicht zu lange dort stehen sollten, denn wir sind um eins auf dem Kreuzberg verabredet!"

Sie schnippeln zusammen die Zutaten für die Suppe und trinken dazu schon mal ein Fläschchen Sekt.

„So, das Zitronengras war das letzte, was geschnitten werden musste. Jetzt alles rein in den Topf und zum Schluss noch die Shrimps dazu. Ich geh schon mal rüber und decke den Tisch."

Phil nimmt die wunderschönen chinesischen Suppenschalen aus dem Schrank und stellt sie auf den Tisch.

Es passt zwar nicht so ganz zur Thai-Suppe, aber wenigstens ist es auch asiatisch. Ob ich wohl auch Stäbchen dazulegen sollte? denkt Phil.

Nein, sie entscheidet sich gegen die Stäbchen und legt einfach Löffel und Servietten dazu. Sie zündet in der Ecke die Kerzen in dem hohen schmiedeeisernen Kerzenständer an und erfreut sich wieder einmal an den vielen liebevoll ausgewählten Kleinigkeiten, die Bills

Wohnung schmücken. Ihr Zimmer kommt ihr dagegen wirklich immer wieder wie eine Studentenbude vor, es ist eher karg möbliert, mit Möbeln, die Freundinnen ihr überlassen haben.

„Du bist doch jünger als ich, aber du hast trotzdem so viel mehr schöne Dinge um dich herum angesammelt. Das erstaunt mich immer wieder, Billie", ruft sie in die Küche.

Bill steht im Türrahmen und beobachtet Phil, wie sie den Tisch deckt. „Du vergisst dabei, dass ich der Sesshaftere von uns beiden bin. Und außerdem verdiene ich mehr als du, das macht es einfacher, sich den Schnickschnack anzuschaffen", erinnert Bill, geht zu Phil, umarmt sie von hinten und küsst sie auf den Hals.

„Aber du weißt ja, Gegensätze ziehen sich an. Und ich stand eigentlich schon immer auf ältere Frauen, ich habe mich nur bisher nicht getraut, dir das zu sagen." Phil sieht Bill über die Schulter verschmitzt an.

„Du könntest ja denken, ich sei irgendwie seltsam, wenn ich dir gestehe, dass ich auf alte Schachteln stehe."

Phil lacht.

„Hey, jetzt reicht's aber", erwidert sie mit gespielter Entrüstung. „Aber wenn wir jetzt hier schon Stunde der Wahrheit spielen, dann kann ich's ja auch sagen: Ich steh auf junge Männer. Nicht wegen der mangelnden Lebenserfahrung oder der Naivität, nein, Babe, ich stehe auf deinen Körper. Jugendlich straffe Haut macht mich an und wirkt wie ein wahrer Jungbrunnen. Kein Wunder, dass mich alle Leute auf gerade mal 27 schätzen. Das habe ich alles dir zu verdanken."

Lachend gehen die beiden in die Küche zurück und holen den Topf mit der dampfenden Suppe.

„Ich gehe noch die Gläser holen. Zünde doch noch die Kerzen auf dem Tisch an, das habe ich ganz vergessen.

Du solltest mir nicht immer so nah kommen, wenn ich wichtige Dinge zu erledigen habe. Dann rauschen mir nur die Hormone durchs Blut und ich vergesse sofort, was ich eigentlich tun wollte."

Sie setzen sich an den Tisch und prosten sich erst noch einmal zu.

„Auf das vergangene Jahr. Es hat mir besser gefallen, als ich mir hätte erträumen lassen. Und das ist zu einem guten Teil dein Verdienst, Bill", eröffnet Phil die Runde der Trinksprüche.

„Auf das vergangene Jahr, das mir dann doch noch eine schöne Frau beschert hat, die auch noch klug und witzig ist."

„Die Suppe schmeckt immer wieder lecker. Und sie erinnert mich immer wieder an Kho Phi Phi, die thailändische Insel, auf der ich im letzten Jahr Silvester verbracht habe", schwärmt Phil. „Ich würde so gern wieder dort sein. Es ist so viel besser, wenn du nur mit einer Shorts und einem Shirt bekleidet dieses Essen genießen kannst."

„Du kriegst wieder deinen schwärmerischen Blick, wie immer, wenn du von deiner Reise erzählst. Das sieht so süß aus. Erzähl mir noch eine Geschichte aus der heilen Welt", fordert Bill Phil auf.

„Was heißt hier heile Welt. So ist es ja dann doch nicht. Aber es war so unglaublich schön. Und ich hatte einfach nie zuvor und auch nicht mehr danach ein so wunderbares Gefühl von Freiheit."

***

Paul macht den Fernseher aus und kommt lachend in die Küche.

„Dieser Butler ist echt die Härte. Macht jedes Jahr aufs neue Spaß, diese Slapstick-Komödie zu gucken. Hoffentlich werden wir auch mal so alt wie Miss Sophie. Allerdings würde ich dann schon gerne mit noch lebenden Freunden feiern."

Mishel füllt gerade den Spiritus in das Stövchen, während das Fett bereits im Fonduetopf brutzelt. Auf dem Holzküchentisch liegt jetzt gerade zu majestätisch die senffarbene Damasttischdecke von Pauls Oma, die Mishel an Weihnachten von seinen Eltern mitgebracht hatte. Paul holt die Schüsselchen mit den Soßen aus dem Kühlschrank und stellt sie zu dem Geschirr auf den Tisch. Der französische Rotwein, Jahrgang 1995, steht bereits geöffnet, damit er sein Bouquet entfalten kann, auf der Anrichte. Nachdem Stövchen und Topf auch auf dem Tisch platziert sind, gießt Paul den Wein ein und Mishel löscht das Licht. Nahezu 30 Kerzen aus Pauls Neujahrsvorrat erhellen die Küche und tauchen sie in ein warmes gelbes Licht. Aus dem Wohnzimmer erklingt Mozart und macht damit die Atmosphäre perfekt.

„Weißt du, Paul", lächelt ihn Mishel an, als sie sich zuprosten, „so ein gemütliches Silvesteressen nur zu zweit wollte ich schon immer mal machen. Es ist so romantisch."

„Da hast du recht, mein Schatz. Jetzt können wir endlich völlig ungehemmt Zukunftspläne und gute Vorsätze für das neue Jahr aushecken, ohne dass es peinlich sein müsste", grinst Paul zurück und steckt sein erstes Fleischstück in den Fonduetopf.

„Na, dann schieß mal los. Ich bin schon sehr gespannt, welche Peinlichkeiten du vorhast", entgegnet Mishel.

„Na ja, angesichts des letzten Jahres", beginnt Paul mit vollem Mund zu sprechen, „dachte ich mir, wir müssen ein wenig ändern. Ich weiß ja, dass du oft sauer warst, dass ich so viel arbeite und wir so wenig Zeit miteinander verbracht haben. Dafür war es ein überaus erfolgreiches Jahr für meine Firma. Kurzum, ich dachte, ich mach das Versäumte wieder gut und lade ich im Februar zwei Wochen auf die Malediven ein."

Erwartungsvoll blickt er Mishel an. Diese lässt vor Überraschung die Gabel auf den Teller fallen und starrt ihn mit offenem Mund an.

„Schön, dass ich dich nach zwölf Jahren immer noch überraschen kann", freut sich Paul und grinst wie ein Honigkuchenpferd.

Mishel ist zu ihm rübergegangen und setzt sich auf seinen Schoß. Zärtlich legt sie die Arme um seinen Hals und küsst ihn leidenschaftlich.

„Du bist schon eine Nummer", flüstert sie und blickt ihm tief in die braunen Augen, „ich wusste gar nicht, dass du soo ein schlechtes Gewissen hast. Ich hatte die letzten Monate schon gedacht, ich sei dir völlig egal geworden."

Wie ein verliebter Teenie fährt sie ihm durch die Haare.

„Ich unterbreche ja ungern deinen Zärtlichkeitsanfall, aber mein Fleischstückchen verbrutzelt gerade im Fett."

Lächelnd steht Mishel wieder auf.

Er kann ja so süß sein, wenn er will, denkt sie, wenn er nur öfter wollte.

Wieder mit essen beschäftigt, sagt sie: „Dass du ausgerechnet auf die Malediven gekommen bist. Seit ich die Bilder von deinen Eltern gesehen habe, bin ich ganz hin und weg von der Insel. Alles sieht so wunderbar romantisch aus. Hast du die Reise denn schon gebucht? Nach dem Ende des Semesters Mitte Februar bin ich frei."

Glücklich genießt sie einen Schluck des schweren Weins.

Paul senkt beschämt den Blick: „Na ja, gebucht habe ich noch nichts. Und Februar ist auch zunächst nur ein vager Termin. Wir haben ab Mitte Februar an eventuell eine Produktion für sechs Wochen."

Vorsichtig blickt er wieder auf. Mishel starrt ihn abermals mit offenem Mund an. Diesmal allerdings funkeln ihre Augen kampfbereit.

„Was soll das heißen?" fragt sie ungläubig und hofft sich doch verhört zu haben, obwohl sie eigentlich genau weiß, dass sie ihn richtig verstanden hat.

„Jetzt guck doch nicht so", versucht Paul die Situation zu retten, „ich habe doch nur gesagt, dass wir vermutlich ein last-minute-Angebot wahrnehmen werden. Ich verspreche dir, wir fahren auf alle Fälle nächstes Jahr auf die Malediven."

Mishel ist schlagartig der Appetit vergangen. Mit zusammengezogenen Augenbrauen faucht sie ihn an: „Du bist so ein Ekel. Erst machst du ein traumhaftes Angebot, um es im nächsten Moment wieder zurückzuziehen. Das ist wie eine kalte Dusche!"

Tränen stehen ihr in den Augen, nicht nur aus Enttäuschung, sondern hauptsächlich aus Wut: „Es ist immer dasselbe! Du versprichst etwas, von dem du bereits weißt, dass du es nicht halten kannst. Irgendwann im nächsten Jahr planst du, mit mir wegzufahren. Das gibt doch sowieso wieder nichts, so wie im letzten Jahr. Und ich sitze wie ein Mauerblümchen hier rum und hoffe, dass sich der Prinz meiner erbarmt."

Paul rutscht unruhig auf seinem Stuhl rum: „Ach, Mishel, fang doch nicht wieder damit an. Du weißt doch wie das Geschäft läuft. Ich wollte dir doch nur eine Freude machen."

„Tolle Freude", murmelt Mishel, während sie sich die Nase putzt.

Eine Weile essen beide schweigend weiter ohne sich anzusehen. Auch Mozart ist zwischenzeitlich verstummt. Das Schweigen hängt wie eine schwarze Wolke zwischen ihnen.

Paul versucht die Situation erträglich zu machen und steht auf: „Möchtest du auch noch einen Kaffee, bevor wir losgehen?"

Mishel holt seufzend Luft und bejaht die Frage. Schließlich ist das ja nicht die erste Situation dieser Art. Sie ärgert sich nur darüber, dass sie jedes Mal wieder darauf reinfällt. Eigentlich müsste sie es mittlerweile besser wissen und sich nicht immer wieder so blauäugig darüber freuen, wenn Paul solche Ideen und Vorschläge von sich gibt. Paul stellt die Kaffeetassen auf den Tisch.

„Wie läuft es eigentlich mit deiner Doktorarbeit ?" versucht er das Gespräch wieder auf sicheres Terrain zu bringen.

„Ganz gut", beantwortet sie die Frage resigniert. „Ist schon gut, Paul, du brauchst dich nicht krampfhaft zu bemühen. Ich habe mich schon abgeregt. Es ist nur ..." Mishel wird von der Türklingel unterbrochen.

„Wer kommt denn jetzt?" fragt sie überrascht.

„Das wird das Taxi sein", antwortet Paul wie selbstverständlich.

Mishel versteht immer noch nicht: „Welches Taxi?"

Paul zieht sich bereits die Schuhe an: „Ich habe es heute Morgen für 22 Uhr bestellt, damit es uns zum Brandenburger Tor oder zumindest in die Nähe bringt. Auf der Straße kriegen wir doch jetzt eh keins. Und bevor wir zu Fuß laufen müssen, habe ich halt eins vorbestellt."

Wenn er mal alles so gut planen würde, denkt Mishel und greift sich ihren roten Anorak, eigentlich ist mir ja nicht mehr so richtig nach Feiern zu Mute. Aber zu Hause bleiben und Trübsal blasen ist für dieses Jahrtausend-Silvester wohl auch etwas unpassend. Machen wir das beste draus!

Sie holt tief Luft, zählt langsam bis zehn und schließt die Wohnungstür ab.

***

"Nun macht doch nicht so einen Aufstand, Lena! Zieh die schwarze Jeans an und den roten Pulli!"
Maria rennt sichtlich genervt aus dem Kinderzimmer und murmelt noch immer unverständliches Zeug , als sie sich erschöpft neben Jacob aufs Sofa fallen lässt.
"Ach komm, reg dich nicht auf."
Jacob legt seine Hand auf Marias Schulter und mit ruhiger Stimme erinnert er Maria an ihre Kindheit und all den Streit, den sie wegen Kleidung, Frisur oder all dem anderen doch unbedeutenden Dingen hatten.
"Ich weiß ja, dass du es schwerer hast als wir damals - so ganz alleine mit dem Kind. Lena ist doch fast schon zu selbstständig für ihr Alter."
Langsam lässt sich Maria wieder beruhigen.
"Ja, das ist es doch gerade. In manchen Dingen ist sie fast wie eine Erwachsene und in anderern Punkten wie eine Dreijährige. Das bringt mich noch um den Verstand. Außerdem finde ich, könnte sie doch wirklich bei uns bleiben. Und wer weiß, vielleicht muss ich ja noch ins Krankenhaus und dann sitzt du hier ganz alleine."
"Ach, Maria. Mach dir mal um mich keine Sorgen. Vielleicht gehe ich ja doch noch in die Mitternachtsmesse. Mal sehen."
Jacob erhebt sich langsam und geht in die Küche, um nach dem Braten zu sehen und vorher noch mal kurz Lena zu fragen, wie weit sie ist. Lena stand in einem Berg von Klamotten und war dem Heulen nahe.
"Opi, ich weiß nicht, was ich anziehen soll. Alles sieht total Scheiße aus. Ich gehe doch nicht zu dieser blöden Party. Die haben mich eh nur eingeladen weil ich das Keyboard am besten spielen kann!"

143

Jacob konnte sein Lachen kaum unterdrücken. Aber nach zehn Minuten hatte er Lena so weit, sich anzuziehen und ihre Sachen zu packen.

"Ich bringe dich da hin, das Geknaller ist schon jetzt kaum zum aushalten. Das ist viel zu gefährlich, dich da alleine auf die Straße zu lassen."

"Opi, wir wohnen doch nicht in Neukölln! Da geht wirklich der Punk ab! Letztes Jahr sind drei kleine Kinder schon Vormittags abgeknallt worden und mussten zu Mutti ins Krankenhaus. Irre, was?"

Lenas Augen leuchteten und sie wurde ganz aufgeregt bei dem Gedanken, sich ins Getümmel zu schmeißen - auch wenn es nur die vergleichweisen langweiligen Straßen von Friedenau waren. Aber Jacob ließ sich von seinem Vorhaben, Lena zu der Party zu begleiten, nicht abbringen, und da auch Maria seine Partei ergriff, zogen beide dann wenig später los.

Maria war gerade in der Küche mit dem Braten fertig und deckte den Tisch, als das Telefon klingelte.

"Ja, Maria Onken."

Am anderen Ende der Leitung war die aufgeregte Stimme von Schwester Brigitta aus dem Empfang kaum zu verstehen.

"Ich kann dich kaum verstehen! Was ist denn los bei euch? Wie? Wer musste zu einem Sondereinsatz? Na gut, ich gehe gleich los. Ich würde noch gerne meinem Vater Bescheid sagen - ist es denn sehr dringend? Also schön, ich beeile mich."

Ach, denkt Maria, es ist doch immer dasselbe! Etwas mürrisch und ziemlich lustlos packt sie ihre Sachen zusammen und schreibt einen Zettel für Jacob. Zu blöde, da hatte sie ihn extra hier nach Berlin eingeladen damit er mit seiner Familie Silvester verbringen kann und nun sitzt er hier ganz alleine rum.

***

„Aauutsch! Ist ja nicht zu fassen! Müssen die Leute unbedingt ihr Fahrrad in dieses Gedränge mitnehmen", schimpft Mishel.

„Ach komm, Purzelchen, macht doch nix, wenn ...", versucht Paul sie beruhigen und legt zärtlich seinen Arm um ihre Taille „... wow, lass uns mal zu der Musik da drüben gehen", unterbricht er sich und deutet mit der Sektflasche auf die Bühne am Bebelplatz, „das sind die ‚Millenniums‘, die kenn ich, die sind echt voll gut."

„Yeesterdaay ...", dröhnt es nicht nur aus den Boxen, denn die Leute, die stehen geblieben sind, singen ebenfalls mit. Paul fühlt sich in seinem Element und beginnt zu tanzen, was allerdings mehr einem Hüpfen und Hin-und-Her-Wabbern gleicht, da die Menschen dicht gedrängt stehen.

„Können wir nicht weitergehen?" mault Mishel, „es ist so laut und so voll und eng".

„Naa guut", gibt Paul nach und wendet sich etwas enttäuscht von der Bühne ab, „möchtest du Zuckerwatte oder gebrannte Mandeln? Oder Popcorn? Weißt du noch, wie wir früher auf jeder Kirmes so viel Popkorn gegessen haben, bis uns schlecht wurde?" lächelt er besänftigend und aufmunternd.

Mit einer großen Tüte Popcorn schieben sie sich weiter durch die Menschenmasse, vorbei an Fressbuden mit Süßigkeiten, an Imbissbuden mit Döner, Currywurst, mexikanischen oder chinesischen Spezialitäten.

Das halt ich nicht aus. Ich kann nicht mehr. Dieser Lärm, denkt Mishel und fühlt langsam Panik in sich aufsteigen, als sie an den zahlreichen kleinen Bühnen, die längs der Straße Unter den Linden und der Straße des 17. Juni aufgebaut sind, vorbeikommen. Was mach ich hier eigentlich?

„Paul", sagt sie laut, als sie die Goldelse, wie die Berliner zärtlich aber auch spöttisch die Siegessäule

nennen, erreichen „wollen wir nicht woanders hinge-
hen? Vielleicht in unsere Lieblingskneipe ‚Oder-etwa-
nicht‘? Da ist es bestimmt auch schön."
„Och, Mishel, was ist denn los? Gefällt es dir etwa
nicht? Wir wollten doch so richtig feiern. Schließlich
erlebt man eine Jahrtausendwende nicht jedes Jahr. Ist
doch eine klasse Party hier: gute Musik, 'ne Masse gut
gelaunter Leute, super Stimmung", verkündet Paul
begeistert, „oder ist es dein Kreislauf oder die Platz-
angst? Wollen wir uns kurz in das Bierzelt setzen.
Dann kannst du dich ausruhen", besorgt nimmt er
Mishel in die Arme, „aber bitte, lass uns hier bleiben.
Wir müssen ja nich ewig lang bleiben. Es ist doch
unser Silvester – wer hätte damals gedacht, dass wir
eine Jahrtausendwende gemeinsam erleben?!"
„Okay. Lass uns in das Bierzelt gehen. Es wird dann
schon wieder", stimmt sie zu und küsst ihn auf die
Nasenspitze.
Irgendwie liebe ich ihn ja doch. Und Recht hat er
auch. Wann kann man schon mal so eine Party erleben.
Puh, also Augen zu und durch! denkt sie, als sie wie-
der aus dem Bierzelt gehen und sich erneut in das
Getümmel stürzen. Aber so richtig kommt sie nicht in
Stimmung, auch als Paul mit ihr auf der Straße tanzt,
ihr zuprostet und am liebsten noch weitere tausend
Jahre mit ihr zusammen sein möchte, macht sie eher
gute Miene zum bösen Spiel. Je näher sie wieder zum
Brandenburger Tor und damit dem Zentrum des Ge-
schehens kommen, umso dichter wird das Gedränge.
Es ist einfach verrückt hier zu sein. Warum tue ich mir
sowas an? grübelt Mishel während sie hinter oder ne-
ben Paul hertrottet, der singt und tanzt und fremden
Leuten zuprostet und vor allem so tut, als hätte Mishel
dieselbe gute Laune. ‚Wanneeikel begrüßt das neue
Jahrtausend' liest Mishel auf einem Transparent am

Rande der Straße. Wären die mal bloß in ihrem Kaff geblieben statt hier her zukommen, denkt sie.

Auf dem Pariser Platz vor dem Brandenburger Tor ist die Hauptbühne aufgebaut. Über dem Tor selbst bewegen und erhellen bunte Säulen von Laserlicht den trüben Nachthimmel. Riesige LCD-Tafeln am Rand des Platzes zeigen nicht nur Livebilder aus Berlin, sondern auch vom Trafalgar Square in London und dem Times Square in New York. Als sie ankommen, findet gerade ein Revue-Tanzvorstellung mit extrem leicht bekleideten Frauen statt.

Ob denen nicht kalt ist, wundert sich Mishel, macht aber gerade selbst den Reißverschluss ihres roten Anoraks auf.

„Alles hat ein Ende nur die Wuurrst hat zweiii ..." wummert es dazu aus den meterhohen Boxen",... jawoll mein Schaaatz, es ist vooorbei ..." grölt die Menge im Chor mit, „... doch du musst nicht trauurig seiiin..."

„Neeiin, niemand muss heute Abend traurig sein" übertönt der DJ enthusiastisch lauthals die Musik, „wir wollen Partyy und Spaaaß. Noch ein paar Minuten, bis wir gemeinsam das neue Jahrtausend begrüüüßen."

Ein ohrenbetäubender Lärm aus Hochrufen, Jauchzen und Pfiffen sind die Antwort aus der Menge, mit Ausnahme von Mishel, die ein Seufzen von sich gibt und bemüht ist, nicht erdrückt zu werden beziehungsweise genug frische Luft zu bekommen.

***

Maria eilt in den Aufenthaltsraum, irgendwie liegt hier was in der Luft. Oberflächlich betrachtet scheint hier nicht viel los zu sein, trotzdem sind alle beschäf-

tigt. Zum Glück sind Kerstin und Carolyn auch da.
Beide sitzen am Tisch und trinken wie üblich Kaffee.

„Hey, da kommst du ja endlich! Ich habe doch gewusst, dass an den Gerüchten vom Notstandsplan was
dran war! Siehst du, und nun musst du auch heute
Schicht tun."

Carolyn klingt richtig aufgeregt. Kerstin stößt sie
leicht mit dem Ellbogen an.

„Nun mal langsam. Wir wissen doch nicht, ob es nicht
bloß ein Zufall ist."

Aber Carolyn lässt sich nicht besänftigen.

„Was heißt hier Zufall? Fünf sind nur allein von unserer Station zu diesem komischen Sondereinsatz geschickt worden. Ich glaube, die kriegen jetzt doch
langsam Schiß, dass hier um Mitternacht die Panik
ausbricht!"

Maria verzieht etwas genervt ihr Gesicht.

„Ja ja, der Jahrtausendcrash - hör doch auf. Dass es
Probleme gibt, glaub ich ja auch. Aber das große Chaos? Also davon war auf der Straße nichts zu spüren.
Knallerei wie eh und je - aber das ist doch Schnee von
gestern."

Kerstin versucht es auf ihre diplomatische Weise, holt
eine Tafel Schokolade raus und reicht sie rum.

„Hört mal, Mädels, macht es Sinn, uns jetzt schon
verrückt zu machen? Nein, also! Wir bleiben hier und
warten ab, was passiert. Zur Zeit ist ja auch noch nix
los. Alles was nicht dringend ist, haben die doch auf
nach Silvester verschoben. Und bis jetzt sind nur ein
paar Jugendliche eingeliefert worden, die mal wieder
nicht aufgepasst haben. Ich finde, wir sollten uns diese Schicht so erfreulich wie möglich machen. Schließlich sind das die letzten Minuten in diesem Jahrtausend!"

„Nein, nein, ich finde ..."

Aber weiter kommt Carolyn nicht. Maria und Kerstin sind aufgestanden und fangen an, den Aufenthaltsraum etwas umzuräumen. Die Tische werden zusammengeschoben, eine große Decke aufgelegt und alles, was an Dekomaterial aufzufinden ist, kreuz und quer im Raum verteilt. Langsam lässt sich auch Carolyn von der guten Laune anstecken.

Schließlich machen sie sich auf den Weg zum Kontrollgang durch die Station. Im Großen und Ganzen ist die Stimmung völlig in Ordnung. Die Horrormeldungen der letzten Tage, die Gerüchte von bürgerkriegsähnlichen Zuständen und dann auch noch diese merkwürdigen Sondereinsätze sind an vielen nicht spurlos vorbei gegangen. Die Stationsroutine sorgt aber für Ablenkung und nur hin und wieder ist ein aufgeregtes Murmeln zu hören. Alle hatten sich mittlerweile damit abgefunden, an diesem außergewöhnlichem Tag hier arbeiten zu müssen, und sind bemüht, es angenehm zu gestalten, auch wenn eine unterschwellige Angespanntheit durchaus zu spüren ist.

***

Jacob sitzt auf dem Sofa. Vielleicht war es ja doch keine so gute Idee nach Berlin zu kommen, denkt er. Lena ist auf einer Party und Maria musste nun doch zum Bereitschaftsdienst ins Krankenhaus. Jetzt sitze ich hier ganz alleine und zähle die letzten Sekunden bis zum neuen Jahrtausend.

Jacob legt die Hände in den Schoß, schließt die Augen und lässt sein Leben langsam vor seinem geistigem Auge vorbeiziehen. 1935 in Hamburg geboren, er war gerade zehn, als der Krieg beendet wurde, fast so alt wie Lena. Die Bombenangriffe und der Hunger und diese schreckliche Angst, die seine ganze Kindheit über so zum täglichen Leben dazugehörte wie der

Computer zu Lenas Alltag. Nein, diese Angst hatte ihn
sein Leben lang begleitet, war wie ein treuer Begleiter
an seiner Seite geblieben, mal etwas lauter, mal über
die Jahre hinweg schweigsam, aber immer da.

Vor sechs Jahren, als Charlotte, seine Frau, plötzlich
an Brustkrebs erkrankte, konnte er die Angst kaum
ertragen. Und auch noch lange Zeit nach ihrem Tod
krampfte sich sein Herz zusammen. Dann überfiel ihn
eine lähmende Angst vor dem Alleinsein, dem Verlassen werden. Jacob holt tief Luft und versucht sich
wieder zu entspannen, diese Gedanken etwas beiseite
zu schieben. Er hatte mit dieser Angst zu leben gelernt, mittlerweile war sie fast zu einem guten Freund
geworden. Ja, jetzt konnte er immer gelassener der
Zukunft entgegen sehen. 65 Lebensjahre voll mit Er-
lebnissen, Menschen, guten und schlechten Zeiten.
Wie kann man sich das Jahrtausend vorstellen, wenn
sich schon das eigene Leben so unglaublich lang und
ewig vor einem ausbreitet? Einige geschichtliche Daten zu rekapitulieren, ja, das geht gerade noch, aber es
sich als Ganzes vorzustellen ist unmöglich.

***

„Und überhaupt", schwärmt Phil. „Die Eindrücke: die
Menschen, die Natur, der Geruch. Es ist alles so fantastisch gewesen. Schließ die Augen. Und jetzt stell dir
vor, du sitzt im Freien. Es ist warm. Du trägst ein T-
Shirt und hast dir nur einen Sarong umgewickelt. Womöglich trägst du keine Unterwäsche, aber das kannst
du gern selbst entscheiden. Du sitzt auf einem Bam-
bussessel. Der ist zwar ziemlich unbequem auf die
Dauer, aber er ist der Inbegriff der Exotik. Wer kann
sich das hier schon leisten? Das Meer rauscht, ein
leichter Wind weht. Die Luft riecht nach Salz und
nach Freiheit. Der Platz ist nur schummerig beleuch-

tet, denn der Generator gibt so viel Strom nicht her. Auf den Tischen stehen kleine Öllampen, die den wunderbaren Salzgeruch etwas zerstören. Petroleum riecht nun mal überall auf der Welt unangenehm. Aber trotzdem.

Nach dem Essen machst du noch einen Spaziergang am Meer. Du gehst eng umschlungen mit deiner Liebsten ein Stück am Wasser entlang. Ihr lasst euch das warme Meerwasser um die Füße spülen. Der Strand leuchtet weiß im Mondschein. Er ist weich unter euren Füßen. Nach einer Weile seid ihr weit genug von den Menschen weg, dass ihr es wagen könnt, eure Klamotten wegzuschmeißen und nackt in die Fluten zu springen. Das gehört sich eigentlich in Thailand nicht, aber es ist schließlich Nacht und es sieht euch niemand und das Wasser ist so verlockend. Ihr schwimmt ein bisschen, taucht euch gegenseitig unter, jauchzt rum und genießt es. Ihr genießt es einfach. Niemand stört euch, es gibt nichts anderes zu tun, als das, was ihr gerade macht. Dann kommt ihr wieder raus aus 'm Wasser und hüllt euch in eure Sarongs oder ihr lasst es und liebt euch am Strand im Mondlicht. Ist das nicht das Wunderbarste, was ein Mensch sich vorstellen kann?"

Während Phil Bill von ihren Fantasien erzählt, geht sie zu ihm und setzt sich auf seinen Schoß. Sie küsst ihn.

„So, jetzt kannst du die Augen wieder aufmachen. Willkommen im Hier und Jetzt. Es ist Winter, es ist kalt und es ist gleich zwölf Uhr. Wir sollten den Champus aufmachen und auf die Terrasse gehen", schlägt sie vor und will wieder aufstehen. Bill hält sie fest, sieht ihr in die Augen und sagt: „Hast du nicht Lust, diejenige zu sein, die mit mir am Strand von Kho Phi Phi entlangspaziert?"

„Nichts lieber als das, Billi. Spätestens im November würde ich gern dieses Land wieder verlassen und mich ein wenig in wärmere Gefilde begeben. Und ich hätte nichts dagegen, dich mitzunehmen", gesteht Phil. „Aber jetzt sollten wir erst mal das neue Jahr begrüßen, wie auch immer es aussehen wird."

Diesmal steht Phil tatsächlich auf und geht in die Küche. Sie holt den Champagner aus dem Kühlschrank, öffnet die Flasche - etwas, das sie sich nur selten entgehen lässt, sie liebt es, Sekt- und Champagnerflaschen zu öffnen - und gießt die Gläser voll. Über einem Küchenstuhl hängt eines von Bills Sweatshirts. Phil zieht es an, nimmt die Gläser und geht zu Bill, der bereits auf der Terrasse steht.

***

Maria läuft hektisch zum Depot, um Carolyn zu suchen. Die ist plötzlich verschwunden, um noch mal die Bestände zu kontrollieren. Als sie gerade um die Ecke biegt, kommt sie ihr schon entgegen.

„Na los, wir wollen doch alle zusammen anstoßen! Beeil dich!"

Maria ist ganz außer Atem, nimmt Carolyn beim Arm und zieht sie zum Aufenthaltsraum.

Carolyn will protestieren und faselt etwas von: „Wir haben nicht genug Verbandsmaterial und ..."

Von weitem hören sie schon ausgelassenes Gelächter und Geschrei.

„Nein, nicht Radio Fritz! Wir wollen 103,6 hören!"

„Seid ihr blöd. Diesen Schwachsinnssender!" „Warum haben wir eigentlich keine Glotze?"

Maria und Carolyn stellen sich zu Kerstin, die schon an den Sektflaschen fingert.

„Mist, die geht nicht auf."

Maria verdreht die Augen und streicht sich mit gespieltem Ernst eine lange Haarsträhne aus der Stirn.

„Das bringt Unglück, wenn du die Flasche zu früh aufmachst!"

„Geht ja eh nicht! Aber wenn um 0 Uhr alles vorbei ist, möchte ich wenigstens vorher noch ein Schlückchen Sekt trinken!"

„Hey – Ruhe, es geht los!!"

Die Spannung im Raum wächst. Alle Krankenschwestern, Pfleger sowie Ärzte blicken zu dem kleinen Radio aus dem eine Stimme die letzten Sekunden des Jahrtausends zählt.

Kerstin greift Marias Hand: „Oh Gott, lass nix passieren!"

Carolyn blickt Kerstin finster in die Augen und murmelt: „Jetzt ist es eh zu spät."

***

„Schon komisch" brüllt Paul Mishel ins Ohr, als er sich zu ihr herunter beugt, um den Lärm zu übertönen, „die eine Videoleinwand, die Bilder aus Sidney zeigen sollte, ist völlig dunkel. Vielleicht ist dort der Tag des Jüngsten Gerichts schon angebrochen und die Welt bereits untergegangen. So wie sie es bei der letzten Jahrtausendwende prophezeit haben. Eine Bestrafung für die Sünden der Menschheit."

„Das ist nicht witzig! Mach dich nicht über mich lustig!" erwidert Mishel erbost.

„Wahrscheinlich hat es einen Wirbelsturm aus Schwefelnebeln gegeben", fährt Paul beschwörend mit einem breiten Grinsen fort, „bevor die Welt, wie wir sie kennen, in einer reinigenden Feuersbrunst vernichtet wurde ..."

„Jetzt hör aber auf!" unterbricht sie Paul nun wirklich wütend.

„Nun ja, du hast vollkommen recht. Wäre wirklich schade, wenn dieser schöne High-tech-Kram hier verbrennen würde. Und dann noch der Gestank von verbrennendem Fleisch."

„Idiot! Das ist absolut geschmacklos, so blöde Witze zu machen!" schreit Mishel ihn an.

„Oh, Mann. Jetzt hab dich nicht so", entgegnet Paul schon etwas lallend, „entspann dich doch mal, statt so miesepeterig drein zu blicken. Amüsier dich einfach!"

„Ich bin überhaupt nicht miesepeterig", schnauzt Mishel zurück, „aber dieses blöde Rumgehüpfe und Gesaufe ist absolut prollig. Das hat überhaupt gar nichts mit amüsieren zu tun hat, sondern ist einfach absolut ätzend."

Pauls Erwiderung geht in dem „Zeeehn ..." des DJs unter, der begonnen hat, die letzten Sekunden des 20. Jahrhunderts zu zählen.

Begeistert steigt die Menge ein und brüllt: *.. neun ...*

„Es war eine verdammte Scheißidee hierher zu kommen!"

... acht ... sieben ...

„Dann geh doch nach Hause zu deinen blöden Büchern!"

... sechs ...

„Das werde ich auch tun! Du brauchst nicht nachzukommen!"

... fünf ...

„Worauf du dich verlassen kannst. Es hat ohnehin alles keinen Sinn mehr."

... vier ...

„Stimmt! Es ist Schluss, aus und vorbei!"

... drei ...

Mishel dreht sich von Paul weg und verschwindet in der Menge.

... zwei ...

Paul trinkt wütend an seinem Bier und schmeißt die Flasche in die Menge.

... eiiiinnns ...

„Willlkooommen im neuen Jaaahrtaaauseeend" dröhnt
es aus den Lautsprechern, begleitet von dem Superhit
Millennium.

Die Menschen jubeln und liegen sich in den Armen.
Paul steht unschlüssig mittendrin. Überall um ihn herum knallen die Sektkorken. Fremde Frauen knutschen
ihn ab. Silvesterknaller scheinen vor, hinter, neben
und über ihm mit markerschütterndem Krachen zu
explodieren. Der Himmel ist fast taghell erleuchtet
vom großen Feuerwerk. Paul kann gerade noch einen
kurzen Blick auf Mishel erhaschen, bevor sie in der
Menge verschwindet.

„Soll sie doch bleiben, wo der Pfeffer wächst, ich
werde mich jetzt jedenfalls richtig amüsieren", beschließt Paul trotzig.

***

„Ist es nicht wunderschön, über Kreuzberg zu blik-
ken? Hier tobt der Bär, hier kocht das Leben. Ich liebe
es, hier zu leben" schwärmt Bill genießerisch.

„Wie spät ist es?" fragt Phil. „Wir sollten den denk-
würdigen Moment nicht verpassen."

„Keine Angst. Das können wir gar nicht, weil um
Punkt zwölf die Raketen hochgehen."

Und da geht es auch schon los. Die Raketen und die
Feuerwerkskörper gehen hoch und erleuchten die
Stadt.

„Happy New Year", prosten sich die beiden zu und
küssen und umarmen sich.

„Schade, dass der Mond nicht zu sehen ist. Blöde
Wolken. Es wäre so viel romantischer, wenn wir hier
im Vollmond stehen könnten", beklagt Phil die Wet-
terlage.

„Aber ansonsten scheint die ganze Aufregung umsonst
gewesen zu sein. Die Lichter sind noch an, von Chaos

ist nichts zu sehen. Schade eigentlich, ich hätte schon
Lust auf Katastrophe gehabt", gesteht Bill grinsend.

***

„Happy New Year allen Berlinern ..."
Maria hält den Atem an und denkt an Lena und Jacob.
„Ich hätte sie nicht alleine lassen dürfen - wenn den
Beiden was passiert - das verzeih ich mir nie!"
Eine unheimliche Stille breitet sich im Aufenthaltsraum aus. Alle starren wie hypnotisiert auf das Radio.
Zuerst passiert überhaupt nichts. Nach eine paar Sekunden atmen die ersten erleichtert auf - und plötzlich
- explodiert im Aufenthaltsraum förmlich das Gejohle
und Geschreie. Alle liegen sich erleichtert in den Armen. Die ersten Sektkorken knallen. Die Oberschwester mahnt alle, ihre Pflichten nicht zu vergessen, aber
die Erleichterung ist einfach zu groß.
Maria, Kerstin und Carolyn lachen glücklich und prosten sich mit Sektbechern zu.
„Na, siehst du, nix passiert!" Kerstin grinst Carolyn
an.
„Okay, aber es hätte wirklich alles schief laufen können" Maria sieht beide erleichtert an.
„Bin ich froh! Mir ist ganz flau beim Zählen geworden. Ich versuch nachher mal, zu Hause anzurufen.
Aber jetzt müssen wir, glaube ich, erst mal was tun.
Oberschwester Agathe schielt schon so säuerlich zu
uns rüber."
Auch Carolyn kann langsam wieder etwas entspannter
lachen und ruft in den Raum: „So, nun aber Schluss
mit Feiern. Das neue Jahrtausend wartet mit einer
Menge Arbeit auf uns."
Alle klatschen Beifall. In ausgelassener Stimmung
machen sie sich so nach und nach an die Arbeit.

* * *

Mit einem alles übertönenden Zischen bricht plötzlich
vor dem Brandenburger Tor die Dunkelheit über die
Menge herein. Die Scheinwerfer, die zuvor den ganzen
Platz in gleißendes Licht tauchten, sehen nun nur noch
wie tote dunkle Löchern aus. Auch die Videowände
stehen nun wie schwarze Wände am Rande des Platzes.
Kein einziger Laserstrahlen erhellt mehr den Himmel,
der jetzt in tiefem dunkelgrau über dem Platz hängt.
Mit der Dunkelheit ist auch die Stille gekommen. Kein
Musikfetzen ist aus den Lautsprechern zu hören. Auf
der Tribüne hat der DJ aufgehört zu reden und blickt
verdattert sein Mikrofon an. Hier und dort knallt und
pufft es noch, aber selbst die riesigen Feuerwerke
haben aufgehört. Nach dem ohrenbetäubenden Lärm
der Musik knistert und vibriert die Stille in den Ohren. In der stockdunklen Totenstille ist die Men-
schenmenge erstarrt. Verwirrt und erschrocken stehen
sie mit ausdruckslosem Blick da. Sie sind mehr zu
fühlen als zu hören. Ein Atmen und Luftanhalten. Der
Geruch von Schweiß und Angst hängt in der Luft. Ein
Windzug fegt über die Menge, der einen leichten, fei-
nen Nieselregen mit sich bringt.

* * *

Die Flurbeleuchtung im Krankenhaus beginnt zu flak-
kern, als gerade die Ersten den Raum verlassen. Aus
dem Radio kommt nur noch ein merkwürdiges Rauschen. Maria und Kerstin sehen sich überrascht an.
Schon kommt Jürgen, der Zivi, den Gang langgerannt
und schreit: „Stromausfall, Stromausfall!"
Und plötzlich bemerken alle diese seltsame Ruhe und
das gedämpfte Licht. Im gleichen Moment erhellt der
grelle Schein eines Blitzes den Raum. Das Prasseln

157

von Regentropfen übertönt alles. Auf einmal rennen alle durcheinander. Von überall her erklingen Kommandos und Anweisungen.

„Wo ist Georg? Er muss die Notstromagregate einschalten!"

„Das geht doch automatisch! Wir müssen die Geräte überprüfen! Wo ist der Zivi?"

Die meisten setzen sich bereits in Bewegung. Einige bilden Grüppchen und versuchen, die dringendsten Fragen zu beantworten, etwas Ordnung in das entstehende Chaos zu bringen. Oberschwester Agate ruft ihre Gruppe zusammen und teilt allen eine Arbeit zu.

***

Ganz in seine Gedanken versunken hört Jacob plötzlich die ersten Knaller draußen losgehen. Immer noch hält er seine Augen geschlossen. Mit einem bewussten Atemzug denkt er, nun ist es so weit, das letzte Jahrtausend ist vorbei. Ich habe das Jahr 2000 erreicht. Langsam öffnet er seine Augen. Es ist stockfinster und unheimlich ruhig. Die Stille und Dunkelheit wird nur durch den einen oder anderen Knaller oder eine Leuchtrakete durchbrochen. Jacob tastet vorsichtig mit seiner Hand zum Schalter der Leselampe. Nichts! Er greift in seine Hosentasche und holt sein Feuerzeug raus, um im Schein des kleinen Lichts erst die Fernbedienung des Fernsehers und dann die Deckenlampe auszuprobieren. Auch nichts!

Langsam fängt Jacobs Herz an schneller zu schlagen. Irgendetwas stimmt hier nicht. Er sucht die Wohnung nach dem Sicherungskasten ab. Als er ihn endlich findet, sind alle Sicherungen noch eingeschaltet. Aber trotzdem funktioniert nichts mehr. Jacobs Gedanken beginnen sich zu überschlagen. Was hat das alles zu bedeuten? Was soll er jetzt tun? Er zwingt sich zur

Ruhe. Auch das Telefon funktioniert nicht. Wie kann er Maria erreichen? Was ist mit Lena? Er fasst sich ans Herz, ganz langsam, nur nicht in Panik geraten! Als Erstes muss er sich um Lena kümmern, also beschließt er, zu ihrer Party zu gehen. Dort kann er dann den nächsten Schritt überlegen.

Eilig zieht Jacob seinen Sachen an und rennt aus dem Haus. Es ist sehr dunkel und hat auch noch angefangen zu regnen, aber das bemerkt er fast nicht. Er eilt die kleine Straße runter. Als er gerade in die Bundesallee einbiegt, sieht er ein Polizeiauto die Straße entlang fahren. Jacob winkt dem Auto zu, in der Hoffnung dort Auskunft zu erhalten.

In diesem Augenblick erklingt eine Stimme über den Lautsprecher: „Meine Damen und Herren, hier spricht die Polizei. Bitte bleiben sie ruhig. Es gibt einen Stromausfall, der aber in kurzer Zeit wieder behoben sein wird. Bleiben Sie bitte in Ihren Wohnungen und beachten Sie die Durchsagen der Polizei."

Schon ist das Fahrzeug an ihm vorbeigefahren. Jacob geht in die entgegengesetzte Richtung weiter. Nach wenigen Minuten erreicht er das Haus, in dem die Silvesterparty stattfindet. Auf sein stürmisches Klingeln bei den Hofmanns passiert gar nichts. Auch kein Strom anscheinend. Also stellt er sich vor das Haus und beginnt nach Lena zu rufen. Nach ihm endlos erscheinenden Minuten wird plötzlich ein Fenster geöffnet. Zwei helle Kindergesichter erscheinen im dunklen Fensterrahmen.

Lautes Gekicher dringt aus dem Zimmer und dazwischen Lenas Stimme: „Hey, Opi, was machst du denn hier?"

Jacob ist erst etwas verwirrt, nimmt sich dann aber zusammen und versucht seiner Stimme einen möglichst ruhig Klang zu geben: „Lena, ich wollte nur mal sehen wie ihr so mit dem Stromausfall klar kommt. Lass mich doch bitte nach oben!"

Oben angekommen wird er erst einmal von einer Horde Kinder in Beschlag genommen. Lena ist ganz aufgeregt. Es ist alles so spannend und geheimnisvoll. Die Eltern von Katrin wirken etwas besorgt, lassen sich aber nichts anmerken.

„Herr Onken, ich glaube, es besteht wirklich kein Grund zu Sorge. Es ist bestimmt am besten, wenn Sie hier bleiben und erst mal abwarten."

Jacobs Stimme wird wieder unruhig: „Nein, ich glaube es ist besser, wenn ich versuche, zu Maria ins Krankenhaus zu kommen. Ich kann meine Tochter doch nicht im Ungewissen lassen."

Katrins Mutter versucht es etwas eindringlicher: „Herr Onken, Maria weiß doch, dass Lena hier in Sicherheit ist. Sobald sie kann, wird sie hier anrufen oder hierher kommen. Machen Sie es doch nicht unnötig kompliziert!"

Aber Jacob bleibt immer noch unschlüssig im Flur stehen.

„Nein, ich kann unmöglich hier einfach nur rumsitzen und warten. Meine Tochter braucht mich. Sie ist doch alles was ich noch habe!"

Seine Stimme fängt an zu zittern. Katrins Mutter legt beruhigend ihre Hand auf Jacobs Schulter.

„Herr Onken ..."

Jacob dreht sich schnell zur Seite, unterdrückt das Zittern und ruft nach Lena.

„Komm her. Wir müssen zu deiner Mutter nach Neukölln!"

Seine Stimme klingt wieder fest und lässt keinen Raum für Widerspruch.

„Au ja, dann können wir mal sehen, was draußen so los ist."

Lena ist ganz Feuer und Flamme.

„Ich hol nur schnell meinen Mantel."

Jacob dreht sich kurz um und sieht Katrins Mutter entschlossen ins Gesicht.

„Ich weiß, es ist das Beste. Wir müssen jetzt gehen."

Und so verlassen die beiden die Friedenauer Wohnung. Sie machen sich auf den Weg zu Maria ins Krankenhaus.

***

Die Raketen erleuchten noch immer die Stadt, aber ansonsten ist Kreuzberg mit einem Schlag dunkel.

„Scheiße", ruft Phil, „was ist das denn? Ich glaub's ja nicht. Der Strom ist aus. Alles ist dunkel. Du meine Güte. Da kriegen wir vielleicht doch noch das Chaos, Babe."

Die meisten Wohnungen sind stockdunkel, in einigen brennen Kerzen. Die Weihnachtsbaumbeleuchtungen, die vorher noch vereinzelt zu sehen waren, sind aus, die widerlichen Blinklichter in fast allen Fenstern haben ausgeblinkt.

Na, das ist wenigstens was Gutes, denkt Phil. Aber ansonsten ist die Atmosphäre schon ein wenig gespenstisch.

„So dunkel habe ich die Stadt noch nie gesehen. So stell ich mir Verdunklung vor", sagt Phil.

Völlig fasziniert stehen die beiden noch eine Weile auf der Terrasse und sehen sich die dunkle Stadt an. Die Leute auf der Straße scheinen noch gar nicht richtig wahrzunehmen, was eigentlich passiert ist. Aber sie können ja von unten auch nicht sehen, dass tatsächlich überall in der Stadt die Lichter ausgegangen sind.

„Komm, lass uns gehen. Mal sehen, was auf der Straße so passiert", schlägt Phil vor.

Sie gehen in die nur noch von Kerzen beleuchtete Wohnung, suchen ihre Jacken und verlassen die Wohnung.

„Halt!" ruft Phil. „Wir brauchen unbedingt Taschenlampen. Sonst finden wir nicht mal den Weg bis zur Haustür."

Bill geht zurück und holt eine.

„Zum Glück besitze ich so was überhaupt und weiß auch, wo ich sie habe."

„Auch das noch. Es regnet", stellt Phil fest. „Regen macht nur Spaß, wenn es warm ist. Mist!"

„Komm", sagt Bill, „da drüben steht mein Auto. Wir fahren zum Kreuzberg zu unserer Verabredung."

Sie rennen beide zum Auto, Bill schließt auf, steigt ein und öffnet Phil von innen die Tür.

„Na, wenigstens ist es hier drin trocken. Aber kalt ist es auch", mault Phil rum.

Bill steckt den Zündschlüssel ins Schloss und dreht ihn um. Nichts. Er versucht es nochmal. Nichts.

„Was ist?" fragt Phil.

„Keine Ahnung. Gestern ist er noch einwandfrei angesprungen. Er ist doch fast neu. Ich versteh das gar nicht", erwidert Bill.

„Na, da haben wir ja schon die erste Katastrophe", stellt Phil fest. „Die neue Karre hat wohl ein paar embedded-systems. Tja, und da haben wir ja lange genug drüber nachgedacht, dass die dann wohl nicht mehr so wollen, wie ihre Besitzer. Dass ich zuerst in meiner Bequemlichkeit von der Y2K-Katastrophe betroffen bin, hätte ich mir nicht träumen lassen. Da müssen wir wohl doch laufen, was?!"

***

In Pauls Nähe brüllt ein Betrunkener „Wat is' 'n mit der Mucke los, ey?"

Mit einem Ruck löst sich die Erstarrung wie beim Startschuss zu einem Hundert-Meter-Lauf. Aber statt loszulaufen, kommt die Menge wabernd in Bewegung. Einzelne Rufe und Schreie vereinigen sich schnell zu einem anschwellenden lauten, unkoordinierten Kreischen, das von Panik und Hysterie gekennzeichnet ist.

„Miiisheeell" schreit auch Paul.

Er schlägt die Richtung ein, in die Mishel verschwunden ist. Er schubst Leute zur Seite, drängelt sich unter Einsatz seiner Ellenbogen vorwärts und quetscht sich zwischen den Menschenmassen durch. Die Schimpf- und Hasstiraden, die Schreie und das Weinen nimmt er nur halb wahr. Er hat das Gefühl nicht wirklich von der Stelle zu kommen, da sich nun auch andere Leute in Bewegung setzen. Sie versuchen durcheinander in alle Richtungen zu gehen oder gar zu laufen, gebremst von jenen, die in umgekehrter Richtung weg wollen.

Paul kämpft sich weiter durch die Menge, ohne dass er viel erkennen kann. Nur blasse Gesichter huschen an ihm vorbei, wenn er direkt vor ihnen ist und sich an ihnen vorbei drängelt. Wie aus dem Nichts sieht er plötzlich einen roten Anorak vor sich auftauchen. Mit einem Jauchzen der Erleichterung wirft er sich von hinten halb darauf. Ein Schrei, von dem ihm fast das Trommelfell platzt, und kleine harte Faustschläge treffen sein Gesicht.

„Oh", entfährt es Paul, als er in das angstverzerrte Gesicht einer fremden Frau blickt. Verwundert blickt er sie an, während sie sich völlig panisch aus seiner Umklammerung windet.

Mittlerweile haben sich Pauls Augen an die Dunkelheit gewöhnt und er erkennt weiter vorne eine rote Mütze, die scheinbar bewegungslos in der Menge steht und schwankt. Als Paul bei Mishel ankommt, starrt sie ihn mit ausdruckslosem Blick und völlig bleich an. Er nimmt sie in den Arm und drückt sie fest an sich.

„Oh Gott, bin ich froh, dass ich dich gefunden habe."
Mishel ist völlig steif und bewegt sich immer noch
nicht. Paul schüttelt sie an den Schultern:
„Mishel, was ist los? Komm zu dir! Wir müssen weg!"
Die Leute schubsen und drängeln an ihnen vorbei.
Endlich blickt Mishel mit angsterfülltem Blick zu Paul
hoch.
Tränen laufen ihr über die Wangen: „Was ist passiert?
Es ist so dunkel und so laut ..."
„Vermutlich der zu erwartende Stromausfall", erklärt
Paul und versucht ein Lächeln, das jedoch eher zu
einer Grimasse wird.
Neben ihnen explodiert ein Kracher und Mishel springt
vor Schreck an Paul hoch, wobei sie ihn fast umreißt.
„Komm jetzt! Wir müssen nach Hause!"
Paul nimmt Mishels Hand. Gemeinsam kämpfen sie
sich weiter durch die Menge in Richtung der Linden-
allee. Mishel stolpert über etwas Weiches, das am
Boden liegt und wäre fast gefallen. Paul fängt sie ge-
rade noch auf und erkennt, dass am Boden ein roter
Anorak liegt. Entsetzt schleift er Mishel weiter.

***

Maria rennt auf ihre Station. Sie soll die Geräte kontrollieren. Obwohl das Notstromaggregat sofort eingeschaltet wurde, muss alles noch mal genau überprüft
werden. Manche Geräte müssen auch extra eingeschaltet werden. Außerdem muss sie entscheiden, was
ausgeschaltet werden kann, denn irgendwie scheint das
heute nicht automatisch zu passieren.
In der Notaufnahme wird gerade der zweite ältere Herr
behandelt. Die Symptome lassen auf Herzschwäche
schließen - aber so genau kann das noch keiner sagen.
Sonst ist alles ruhig. Die meisten Schwestern sind mit
der Kontrolle der Notstromregelung beschäftigt. An-

scheinend sind noch immer zu viele Geräte eingeschaltet.

In all der Hektik versucht Maria Jacob zu erreichen,
aber die Telefonleitungen sind tot. Sie versucht es
vom Stationshandy aus, aber auch das funktioniert
nicht richtig. Langsam ist sie doch beunruhigt. Gerade
als sie versucht, Dr. Dressler zu finden, um mit seinem Handy Jacob anzurufen, werden drei Verletzte in
die Notaufnahme geschoben. Der erste Krankenwagen
im neuen Jahrtausend ist also eingetroffen. Maria
rennt den Sanitätern zu Hilfe.

„Was ist denn da draußen los?" Marias Stimme überschlägt sich fast vor Aufregung.

Der eine Sanitäter sieht Maria voll Entsetzen an: „Das
ist nicht zu beschreiben - da tobt die Hölle!"

Maria wird zur Seite geschoben, als eine Krankentrage
mit einer schreienden Frau an ihr vorbei geschoben
wird.

„Wo soll die denn entbinden?"

Auf dem Gesicht des Pflegers breitet sich Ratlosigkeit
aus. Maria schiebt die Gedanken an Lena und Jacob zu
Seite und übernimmt die Frau. Vielleicht wird das ja
das erste Kind in diesem neuen Jahrtausend. Aber dieser Gedanke, über den sie in den letzten Monaten so
oft gewitzelt haben, kommt ihr jetzt wie der blanke
Hohn vor. Das arme Kind kommt auf die Welt just in
dem Moment, wo diese im Chaos versinkt.

***

„Sieh mal" sagt Mishel und zeigt auf eine Imbissbuden
an der Ecke Wilhelmstraße / Unter den Linden. Dort
sind drei Betrunkene in eine Pommesbude eingedrun-
gen.

„Haut ab! Lasst mich in Ruhe! Was wollt ihr überhaupt?" versucht der Verkäufer sie zu verscheuchen.

„Ein bisschen Spaß als Entschädigung für die abgebrochene Party", kommt die lallende Antwort.

Bevor der Verkäufer reagieren kann, hat ihn einer in den Schwitzkasten genommen. Unter Gejohle und betrunkenem Lachen plündern die anderen die Kasse und werfen die Getränkedosen in die Menge. Der Verkäufer brüllt aus Leibeskräften, versucht aus der Umklammerung zu entkommen, indem er mit den Fäusten auf den Angreifer einschlägt - vergebens. Nachdem der Imbiss verwüstet und leergeräumt ist, nimmt einer der Männer die heißen Pommes aus dem Fett und schüttet sie dem Verkäufer ins Gesicht.

„Ihr Schweine! Aaah ..." schreit er.

Die Hände vors Gesicht gehalten, sackt er zusammen. Erst da lassen die anderen von ihm ab und verlassen mit lautem Gejohle den Imbiss. Das alles geschieht in Sekundenschnelle.

„Wir müssen einen Krankenwagen holen. Der Mann ist verletzt. Warum hilft ihm denn keiner?!" ruft Mishel Paul zu.

„Komm weiter, Mishel. Das hat doch keinen Sinn. Sieh dich doch mal um!"

In diesem Moment fliegen direkt neben ihnen klirrend und scheppernd Glasscheiben auf den Boden.

„Runter!" brüllt Paul.

Genau wie die anderen Leute um sie herum ducken sie sich. Sie versuchen, Kopf und Gesicht mit den Händen zu schützen. Noch mehr Scheiben gehen zu Bruch. Eine unüberschaubare Menge wirft mit wütendem Geschrei Steine und Flaschen in die Fensterscheiben des Nobel-Hotels am Pariser Platz. Neben ihnen bricht jemand blutverschmiert zusammen. Wie in Kriegsfilmen versuchen Mishel und Paul in geduckter Haltung zwischen den feindlichen Linie hindurch zu laufen, um auf den Mittelstreifen der Straße zu gelangen.

Aus dem Eckcafé Dreistein fliegen Stühle und Tische durch die Fensterscheiben auf die Straße. Dicht gefolgt von den Kellnern. Verletzte liegen auf dem Bürgersteig. Andere steigen einfach über sie drüber und hasten weiter, ohne sich um sie zu kümmern. Aus der Seitenstraße nähert sich mit Blaulicht und Martinshorn ein Krankenwagen.

„Endlich kommt mal jemand zur Hilfe" murmelt Mishel.

Genau in diesem Moment erstirbt das Heulen der Sirene. Der Wagen stoppt etwa 30 Meter vor der Kreuzung.

Durchdringendes Hupen und eine wütende Stimme ist aus dem Megafon zu hören: „Gehen sie zur Seite! Machen sie Platz! Dies ist ein Notfall!"

Doch die panische Menge lässt keinen Platz für den Krankenwagen. Als die Sanitäter aussteigen und die rückseitige Tür öffnen, um mit der Trage zu Fuß weiterzugehen, werden sie sofort von Verletzten und Verzweifelten umringt: „Helfen Sie mir. Ich habe eine Schnittwunde am Bein."

„Ich glaube, mein Arm ist gebrochen."

„Ich kann mein Kind nicht finden."

Immer mehr Menschen drängen sich um den Krankenwagen, so dass die Sanitäter nicht einmal den Wagen verlassen, geschweige denn die Bahre raustransportieren können.

„Was soll das ..." ist die Stimme eines Sanitäters zu hören, die gleich darauf verstummt, als die aufgebrachte Menge den Krankenwagen stürmt. Unter Hauen und Schlagen rauben sie ihn aus und versuchen alles mitzunehmen, was sie glauben, brauchen zu können.

Auf der gegenüberliegenden Seite haben sich im Vorgarten der Russischen Botschaft Sicherheitskräfte verbarrikadiert. Einige randalierende Betrunkene versuchen über den Zaun zu klettern. Erste Schüsse fallen.

∗∗∗

Zunächst gehen Phil und Bill los in Richtung Hermannplatz. Der kürzeste Weg führt durch den Görlitzer Park.

„Da heute Silvester ist, kann ich es ja mal wagen, hier durchzulaufen", denkt Phil.

Es wimmelt von Leuten im Park. Sie feiern ausgelassen, die Sektflaschen kreisen und die Laune ist dementsprechend. Es ist nicht aggressiv, aber es ist zu spüren, dass mit wachsendem Alkoholkonsum durchaus etwas passieren kann. Vom Stromausfall haben die Leute hier wohl noch nichts mitgekriegt. Alle fallen sich gegenseitig um den Hals und wünschen sich in mehreren Sprachen ein Frohes Neues Jahr.

„Denen scheint es egal zu sein, ob es Strom gibt oder nicht. Die werden sich noch wundern, wenn sie irgendwann nach Hause gehen und die Lichter nicht angehen. Aber vielleicht kriegen sie das auch gar nicht mehr mit", überlegt Phil.

Auch auf dem Weg zum Paul-Lincke-Ufer sind alle ausgelassen und fröhlich. Keine Aggressivität, wie die beiden es befürchtet hatten.

„Wat sollen dette, ham se uns en Strom abjestellt oder wat?" hören sie im Vorbeigehen die Leute.

„Problem yok", hören sie von türkischen Bewohnern, die mit Kerzen auf die Straßen gegangen sind.

„Irgendwie hat es ja auch was Romantisches, findest du auch?" fragt Phil.

„Tja, ich sage doch, ich liebe Kreuzberg. Die Leute hier sind Kummer gewohnt. Sie lassen sich nicht so einfach von ihrer Feierstimmung abbringen. Der Umgang mit Katastrophen ist ihnen auch nicht fremd.

Schließlich konnten sie jahrelang am 1. Mai üben",
stimmt Bill zu.

In den Cafés am Ufer ist die Stimmung auch fantastisch.

„Kommt ruhig rein", ruft ihnen eine Frau zu. „Das
Bier ist noch kalt und die Sektflaschen kühlen wir
jetzt im Freien. Alles kein Problem."

„Sollen wir vielleicht doch lieber hier bleiben und mit
diesen Leuten feiern. Die Stimmung ist doch klasse
hier", fragt Bill.

„Wir sind doch am Kreuzberg verabredet. Aber wir
haben den Sekt vergessen. Vielleicht können wir hier
noch eine Flasche ergattern", meint Phil. Gesagt, getan, und dann laufen sie weiter.

„Die U-Bahn brennt!" hören sie eine Frau im Vorbei-
rennen schreien.

„Was?" ruft Bill.

Die Frau bleibt stehen.

„Da hinten brennt eine U-Bahn. Sie steht zwischen
Görli und Kotti. Alles ist stockdunkel. Die Leute haben die Türen aufgemacht und sind auf der Brücke
ausgestiegen. Ein paar Verrückte haben wohl einen
Molli reingeworfen und das Ding brennt lichterloh.
Angeblich ist auch einer von der Brücke gefallen. Und
von Feuerwehr oder Bullen keine Spur! Wo die doch
sonst immer so schnell sind, wenn in Kreuzberg irgendwas los ist. Ich verstehe das gar nicht."

Die Frau fängt an zu schluchzen.

„Was ist denn nur los? Außerdem ist alles dunkel. Was
passiert hier nur?"

„Jetzt beruhige dich. Es wird schon jemand kommen
und helfen. Falls wir Bullen oder Feuerwehr sehen,
werden wir sie hinschicken", versucht Phil beruhigend
auf sie einzureden.

„Wir müssen jetzt weiter. Lass dich nicht unterkrie-
gen."

Phil und Bill laufen den Kottbusser Damm entlang.

„Du meine Güte. Was ist denn das tatsächlich für ein Mist. Da kommen Menschen zu Tode und niemand kümmert sich drum. Das darf doch nicht wahr sein! Und ich hab nicht mal Ahnung von Erster Hilfe, falls irgendwo Verletzte rumliegen", sorgt sich Phil. „Ich meine, die werden ja nicht alle gleich tot sein."

„Jetzt mal mal nicht den Teufel an die Wand. So schlimm wird es schon nicht werden", versucht Bill sie zu beruhigen. „Lass uns erst mal weitergehen und sehen, dass wir unsere Freunde noch am Kreuzberg erwischen. Vielleicht wissen die, ob das mit der U-Bahn überhaupt stimmt."

***

Maria schiebt das Krankenbett mit der kurz vor der Entbindung stehenden Frau in Richtung OP, als ihr Carolyn entgegen gelaufen kommt.

„Wo ist dieser Idiot?"

Maria blickt Carolyn fragend an: „Wen genau meinst du?"

Carolyns Gesicht ist wutverzerrt.

„Na, wen schon? Dr. Dressler! Wir haben die drei Verletzten in die Zwei gelegt und Joachim ist auf Station B, da tobt der Bär. Also muss Dressler die Zwei übernehmen. Aber der ist verschwunden. Ich glaub's nicht!"

Die letzten Worte kann Maria kaum noch verstehen, denn Carolyn ist bereits weiter gelaufen. Dr. Dressler - den sucht sie ja auch, oder besser gesagt sein Handy. Aber alles zu seiner Zeit.

Wenige Minuten später ist Maria schon wieder auf dem Gang und macht sich auf die Suche nach Dr. Dressler. Die schwangere Frau ist in guten Händen und Maria interessiert es überhaupt nicht, wie oder wann dieses Kind auf die Welt kommt. Auf Station C ist der ‚Kotzbrocken' auch nicht zu finden. Der hat sich bestimmt aus dem Staub gemacht - und das als Arzt! Maria biegt gerade um die Ecke, um durchs Treppenhaus in den zweiten Stock zu gelangen, als sie eine kleine Gruppe vor dem Fahrstuhl wild gestikulieren und sprechen sieht. Neugierig geht sie auf den Fahrstuhl zu.

„Welcher Idiot nimmt denn bei Stromausfall den Fahrstuhl?"

Die Stimme des Pflegers überschlägt sich fast vor Wut. Georg, der Hausmeister, hat schon ein ganz rotes Gesicht und fuchtelt wild mit seinen großen Händen.

„Das weiß ich doch nicht! Aber bei all den Irren hier! Da! Ganz eindeutig Klopfzeichen, und eine Stimme höre ich auch. Wir müssen es noch mal mit der Brechzange versuchen!"

Zu viert zerren und drücken sie an den Fahrstuhltüren. Endlich bewegen sie sich einen Spalt breit. Kaum ist die Tür etwas geöffnet, können sie Dr. Dresslers Stimme deutlich schreien hören: „Hilfe! Hilfe! Verdammt, hört mich denn keiner! Ich will hier raus!!"

Durch die Notbeleuchtung im Gang können sie sehen, dass der obere Teil der Kabine circa einen halben Meter über der Türschwelle festhängt. Georg und der Pfleger leuchten mit einer Taschenlampe ins Innere des Fahrstuhls. Sie können gerade noch den Kopf vom Doktor sehen.

„Hey, Doc! Wir sind hier oben! Wir reichen ihnen unsere Hände und ziehen sie rauf! Ist sonst noch wer da unten?"

Dr. Dresslers Stimme klingt erleichtert: „Nein, ich bin alleine. Los, macht schnell."

Es dauert nicht lange und schon haben sie ihn aus dem Fahrstuhl gezogen. Trotz der Anspannung und der überall deutlich angewachsenen Panikstimmung kann sich Maria bei dem Gedanken an ‚Dr. Kotzbrocken' in der Fahrstuhlkabine ein Grinsen nicht verkneifen. Das Lachen vergeht ihr aber prompt, als er ihr mitteilt, dass auch sein Handy leider keinen Muckser mehr tut.

„Das ist doch nicht möglich! Warum denn nur?"

Marias Stimme wird lauter und aggressiver. „Ach, was weiß denn ich? Außerdem haben wir jetzt Wichtigeres zu tun!! Kommen Sie gleich mal mit, ich war auf dem Weg in den OP."

Dr. Dressler hat seinen alten Befehlston jedenfalls nicht im Fahrstuhl verloren.

***

Nachdem Jacob und Lena die Wohnung der Hoffmanns verlassen haben, machen sie sich erst mal auf den Weg zur U- Bahn. Die Stubenrauchstraße ist sehr ruhig, keine Feuerwerkskörper, keine Leute auf der Straße. Es ist aber sehr dunkel und der Regen wird auch immer stärker, so dass beide schon nach wenigen Metern klitschnass sind.

"Opi, hast du mitgekriegt, wie der Strom ausgefallen ist?"

Jacob hält Lenas Hand fest.

"Nein, nicht so richtig. Aber auf einmal war es so still und dunkel. Weißt du den Weg zum Krankenhaus eigentlich?"

Lena geht munter neben ihrem Opa her und antwortet mit stolzer Stimme.

"Na klar! Was meinst du, wie oft ich da schon alleine hin gefahren bin? Bestimmt hundert Mal!"

Als sie den Friedrich-Willhelm-Platz erreichen, sehen sie schon von weitem einige Menschen in Gruppen vor dem U- Bahn Eingang stehen und laut miteinander reden.

"Das ist doch unmöglich! Warum fährt die Bahn nicht mehr?"

Ein junger Mann gestikuliert wild und redet auf eine Gruppe von Frauen ein.

"Na, das weiß ich doch nicht! Aber wie komme ich jetzt nach Hause?"

Jacob und Lena nähern sich dem Eingang.

"Opi, das U-Bahn-Schild ist dunkel! Was meinst du, ob die Bahn wirklich nicht mehr fährt?"

Jacob zieht Lena zur Treppe und langsam tasten sie sich nach unten. Der Eingang ist stockfinster.

"Opi, das ist aber dunkel."

Jacob bleibt stehen.

"Lena, ich kann nichts mehr sehen! Wie lang ist denn der Gang? Weißt du, wie wir zu den Gleisen kommen?"

"Na, der geht doch um die Ecke, dann noch ein Stück bis zu dem Blumenladen und dann noch ... vielleicht 40 Meter? Aber das ist schon ein bisschen gruselig, da weiter rein zu gehen. Hast du eine Taschenlampe?"

Jacob zögert.

"Nein, habe ich nicht. Ich glaube, das hat keinen Sinn. Wenn schon die Beleuchtung nicht funktioniert, dann stimmt das wohl, was die Leute draußen sagen."

Beide bleiben einige Minuten stehen und lehnen sich an die Wand.

"Na ja, hier ist es wenigstens trocken!"

Jacob versucht mit seiner Stimme Zuversicht auszustrahlen.

"Wir versuchen es zu Fuß! Vielleicht fährt ja ein Bus, oder wir können ein Auto anhalten."

"Au ja, per Anhalter - das hat mir Mammi noch nie erlaubt!"

Sie steigen vorsichtig die Stufen wieder rauf. Wieder auf der Straße gehen sie die Bundesalle weiter runter. An der S-Bahn-Station versuchen sie noch mal, ob diese vielleicht fährt. Aber auch das vergebens. Sie entschließen sich, an der S-Bahn Linie entlang zu gehen, da beide den Weg zu Fuß nicht so richtig im Kopf haben.

***

Mishel und Paul laufen und drängeln sich weiter die Straße hinauf. Vor der großen Bank Ecke Charlottenstraße prügeln sich Polizisten in Demomontur mit aufgebrachten und betrunkenen Partygästen, die versuchen, in die Bank einzudringen. Die Polizisten stehen mit dem Rücken zur Panzerglasfront der Bank. Bedrohlich in ihren Helmen mit Sichtschutz und Plasitkschilden wirken sie wie eine lebende Mauer, die auf Grund der Dunkelheit nur in Umrissen zu erkennen ist. Plötzlich stehen Mishel und Paul im Nebel, bekommen keine Luft mehr, die Augen tränen, sie bleiben hustend stehen.

„Paaauul", keucht Mishel atemlos, als sie ihn nicht mehr an ihrer Seite spürt. Suchend streckt sie ihre Hand aus und erwischt gerade noch seinen Jackenärmel, bevor er von der Menge weggerissen wird.

„Was ist das?" fragt sie, als sie wieder dicht vor ihm steht und ihren Kopf in seinem durchnäßten Mantel vergräbt.

„Tränengas, denke ich mal", kommt die hustende Antwort.

Als sich der Nebel etwas lichtet, sehen sie hundert Meter weiter auf der anderen Straßenseite Feuer.

***

Am Kottbusser-Damm ist die Hölle los. Es sind Tausende von Menschen auf der Straße, die in beide Richtungen hasten. Dagegen sind kaum Autos zu sehen. Und die paar, die doch irgendwo zu sehen sind, stehen. Zum Teil stehen sie einfach mitten auf der Straße. Die Fahrer oder Fahrerinnen sind verschwunden, die Autos verlassen. Phil und Bill entscheiden sich dafür auf der Straße zu laufen, weil sie dort wesentlich schneller vorwärts kommen, als auf den Bürgersteigen und Randstreifen, wo sich die Menschen gegenseitig anschubsen und drängeln.

Je näher die beiden dem Hermannplatz kommen, umso mehr Menschen kommen ihnen mit großen Kartons entgegen. Manche haben riesige Klamottenberge über den Armen, andere tragen etliche Kartons mit Süßigkeiten.

„Was ist das denn? Das sieht doch ganz nach Plünderung aus. Vielleicht das KaDeHe?! Na, da bin ich ja gespannt, ob da die Bullen zu sehen sind. Es würde mich wundern, wenn das einfach so durchgeht."

„Na dann, lass uns das mal ansehen gehen", erwidert Phil.

Am Hermannplatz angekommen ist das sonst so gut gesicherte ‚Kaufhaus des Hermannplatz' völlig demoliert. Die Metallrollläden wurden hochgeschoben, die Fensterscheiben eingeschlagen und die Menschen drängeln sich wie sonst nur zum Schlussverkauf.

„Unglaublich! Ich fasse es einfach nicht", stammelt Phil. „Und es sind tatsächlich keine Bullen hier."

Völlig entgeistert starrt Phil auf das hektische Treiben im Kaufhaus.

„Sowas habe ich echt noch nie erlebt", gesteht auch Bill. „Dagegen war selbst der 1. Mai ein Kinderspiel."

„Lass uns weitergehen", drängt Bill wieder.

„Warte doch mal", sagt Phil. „Was hältst du denn davon, wenn wir uns Räder besorgen, dann sind wir auch schneller am Kreuzberg. Es ist nämlich noch ganz schön weit und wir schaffen es nie, zur vereinbarten

Zeit dort zu sein. Und hier bedienen sich eh alle. Es wird gar nicht weiter auffallen."

Bill ist zunächst nicht so begeistert von der Idee, aber Phil ist schon auf dem Weg.

„Gib mir deine Taschenlampe, sonst finden wir die Teile gar nicht erst", erklärt Phil. „Wo stehen die nur? Dass die aber auch immer umbauen müssen und bestimmte Dinge nicht mal für zwei Wochen an einem Platz bleiben. Die waren doch neulich noch hier in der Ecke."

Im KaDeHe sind etliche Menschen mit Taschenlampen unterwegs. Es ist eine gespenstische Atmosphäre. Wie von Geisterhand bewegen sich die kleinen Lichtkegel der Lampen aus allen möglichen Richtungen durch die stockdunkle Verkaufshalle. Die meisten sind zu zweit unterwegs. Einer leuchtet mit der Taschenlampe, einer trägt Kartons. Die Atmosphäre ist äußerst angespannt. In einer Ecke liegt bewusstlos ein Mensch in Uniform.

„Oh, Scheiße, lass uns bloß abhauen", raunt Bill.

„Pass doch auf", knurrt einer Phil an, die gerade mit einem wandelnden Karton zusammengestoßen ist.

„Oh, sorry", gibt sie zurück. „Weißt du vielleicht, wo wir Fahrräder herkriegen?"

„Bin ich die Auskunft oder was? Such doch selbst."

„Da hinten", ruft Phil plötzlich. „Los, komm", zerrt sie Bill am Ärmel.

Im Vorbeigehen greift Bill noch ein paar Werkzeuge ab. Dann sind sie endlich an den Rädern angelangt.

„Los, nimm dir eins und dann nichts wie los."

„Stopp", warnt Bill, „wir müssen die Schrauben noch anziehen, sonst brechen uns die Dinger unterm Hintern zusammen." „Okay, aber mach schnell. Mir wird schon ein bisschen ungemütlich hier drin."

Ein paar Minuten später hat Bill alle Schrauben angezogen. Sie quetschen sich durchs Kaufhaus Richtung Ausgang. Jetzt müssen sie die Räder noch durch die

Fensterscheiben tragen, dann kann die Reise schneller als zuvor weitergehen.

„Das wäre geschafft", raunt Phil. „Sowas habe ich echt noch nie gemacht. Ich meine, ein Fahrrad aus 'm Kaufhaus zu klauen. Ist das ein guter Einstieg ins nächste Jahrtausend!? Was meinst du?"

Bill verzieht sein Gesicht.

„Es gehört nicht gerade zu meinen Hobbys. Wir sollten hier jetzt echt verschwinden. Die Leute gehen nicht gerade freundlich miteinander um. Am Ende will noch einer unsere neuen Räder haben."

***

Maria drehte sich halb weg und versucht sich der Anordnung zu entziehen, da sie immer noch umbedingt ein brauchbares Telefon finden muss. Ihre Gedanken kreisen um Lena: Wo ist sie nur? Hoffentlich ist bei den Hoffmanns nichts passiert. Vielleicht ist Jacob bei ihr? Oh Gott, wenn den beiden was passiert ist! Und Jacob? Ganz alleine in ihrer Wohnung. Sie kann sich noch gut an Jacobs Geschichten vom Krieg erinnern. Er ist jedes Mal ganz bleich geworden und seine Angst ist selbst Jahre später noch spürbar gewesen. Wenn sie nur mehr Informationen darüber bekommen könnte, wie es draußen aussieht. Vielleicht ist es nicht so schlimm. Aber bei den Mengen von Verletzten und den Katastrophenmeldungen ist das sehr unwahrscheinlich.

„Ich muss unbedingt Jacob erreichen!!"

„Los, los, ein Arzt und eine Schwester auf die Drei! Noch ein Angina-Pectoris-Anfall!"

Schwester Agates laute Stimme reißt Maria aus ihren Gedanken und lässt ihr keine andere Möglichkeit, als mit Dr. Dressler den Gang entlang zu rennen, um im Behandlungszimmer Zwei einen weiteren Patienten zu versorgen.

Eine ungefähr fünfzigjährige Frau schreit aufgeregt durch den Raum.

„Tun Sie was, er stirbt! Mein Gott, er stirbt!"

Sie bricht weinend zusammen. Maria kann sie gerade nach auffangen und hievt sie auf einen Stuhl. „Bitte, beruhigen Sie sich doch. Wir tun unser Möglichstes. Können Sie mir sagen, was passiert ist?"

Aber die Frau ringt immer noch nach Luft. Sie macht keine Anstalten, Marias Fragen zu beantworten. Daher wendet sich Maria den zwei Sanitätern zu, die bereits gemeinsam mit Dr. Dressler die Reanimation einleiten. Gerade übernimmt einer der Sanitäter die Insufflation.

„Eins ... und zwei ..."

Dr. Dressler legt seine Hände direkt über das Brustbein und macht mit der Herzmassage weiter. Während der Sani weiter zählt, erteilt er Anweisungen.

„Pupillenreaktion?"

Maria prüft die Lichtreaktion der Augen des Patienten.

„Sehr schwach."

„Pulsmessen! Fingernägel?"

Maria greift nach der Halsschlagader.

„Tachykardie, Lippen und Fingernägel stark verfärbt."

Dr. Dresslers Stimme klingt fest: „Okay, wir versuchen es mit der Reanimation. Alles bereit?"

Maria überprüft den Defibrilator.

"Eingeschaltet."

Dr. Dressler hält die Teile bereit.

„Eins -zwei – drei – und ..."

Nichts!

„Herr Gott, Maria sind Sie ..."

Maria schreit zurück: „Es funktioniert nicht! Aber Strom ist da."

Maria zwingt sich zur Ruhe. Dr. Dressler macht mit der Herzmassage weiter.

„Überprüfen Sie das Gerät, aber schnell!"

Maria atmet tief durch.

„Okay, die Schalter sind oben, die Frequenz stimmt, die Kontrollleuchte blinkt. Wir müssen es nochmal probieren."

Aber auch beim zweiten Mal passiert nichts.

Dr. Dressler wird ebenfalls unruhig.

„Das kann doch nicht sein! Spielt denn heute alles verrückt? Wir machen mit der Herzmassage weiter!"

Nachdem Dr. Dressler eine erneute Mund-zu-Mund-Beatmung durchgeführt hat, übernimmt der Sani die kräftige Herzmassage.

Von der in der Ecke sitzenden Frau ist ein leise Wimmern zu hören.

„Er hat doch erst letztes Jahr einen Herzschrittmacher bekommen. Ich verstehe das nicht. Da verlässt man sich ...", erneut wird sie von einem heftigen Weinkrampf geschüttelt.

Maria horcht.

„Dr. Dressler, das hier ist schon der vierte Patient der mit einem Herzschrittmacher nach 0.00 Uhr eingeliefert wurde."

Dr. Dressler sieht sie fragend an: „Und, was wollen Sie mir damit sagen?"

Maria wird etwas verlegen, nimmt sich zusammen und erklärt mit fester Stimme: „Angenommen, es ist etwas an dieser ganzen Computer- oder Y2K-Geschichte dran, dann ... Ich meine, ... ähmm ... in jedem Herzschrittmacher ist doch eine Sonde, die durch die Subclavia-Vene in die rechte Herzkammer geschoben wird. Und dann das Schrittmacheraggregat im Bereich der vorderen Thoraxwand. In beiden sind doch Mikrochips, die je nach Gerätetyp den Herzrhythmus messen, um dann den angemessenen elektronischen Reiz auszulösen. Angenommen, diese steuernden Elektroteile sind defekt?"

Dr. Dressler betrachtet sie nachdenklich.

„Hm, da könnte was dran sein. Es ist schon merkwürdig, dass bei transvenösen Schrittmacherimplantationen so starke Kammertachykardien auftreten. Aber wie sollen wir das jetzt so schnell kontrollieren?"
Während beide sich fragend ansehen und überlegen, was sie tun können, meldet sich der Sanitäter.
„Ich kann den Puls fühlen!"
Sofort wenden sich Maria und der Doktor dem Patienten zu.
„Auch die Lippen verlieren an Blau!"
Maria misst den Puls, kontrolliert die Fingernägel und setzt die Infusionsnadel an.
„Puh, ich glaube, er ist übern Berg! Das war aber knapp!"
Sie betrachtet den Mann auf der Krankenliege und spricht ihn an: „Können Sie mich verstehen?"
Der ältere Herr nickt und stöhnt leise auf. Maria legt ihre Hand auf seine Schulter und redet beruhigend auf ihn ein.
„Es ist alles in Ordnung. Sie sind jetzt in Sicherheit. Versuchen Sie, sich jetzt zu entspannen. Ganz tief und ruhig durchatmen! Ja, so ist es gut!"
Eine ganze Reihe älterer Männer sind eingeliefert worden. Alle mit den gleichen Symptomen. Auf den Gängen laufen verzweifelte Ehefrauen panisch auf und ab und versuchen, Informationen zu bekommen.
Dr. Dressler steht vor dem EKG-Gerät und überprüft dessen Funktionen.
„Ich werde richtig misstrauisch! Was, wenn das Teil auch spinnt?"
Maria geht zum EKG.
„Wir können erst mal das hier versuchen. Das Gerät stammt noch aus den 70ern, das funktioniert bestimmt."

***

Der Weg an der S-Bahn vorbei ist sehr ruhig. In der Mitte des Innsbrucker Platzes sind einige Autos ineinander gefahren. Viele Menschen laufen sehr aufgeregt hin und her, ein einzelner Krankenwagen parkt an der Unfallstelle und das Stöhnen und Weinen Einzelner ist zu hören. Jacob und Lena gehen so schnell sie können daran vorbei. Die anfängliche neugierige Stimmung von Lena weicht einer angespannten Beunruhigung. Jacob hält sie immer noch an der Hand und redet auf sie ein.

"Schau, Lena, wir haben doch schon eine schöne Strecke geschafft, oder?"

Lena murmelte nur eine unverständliche Antwort.

"Sag mal, müssen wir jetzt die Hauptstraße hoch?"

Jacob steht leicht verwirrt an der dunklen Ampel.

"Opi, ich weiß es doch auch nicht genau. Aber ich glaube schon."

Nach gut einer Weile haben sie die Kolonnenbrücke erreicht. Unterwegs sind ihnen nur vereinzelte Menschen begegnet. Jedes Mal haben Jacob und Lena ängstlich zur Seite geblickt und sind eilig an den anderen vorbeigehuscht. Die Atmosphäre ist bedrückend. Lena wird immer stiller und auch Jacob hängt seinen Gedanken und alten Erinnerungen nach. Diese Dunkelheit. Auch damals war die Stadt auf die gleiche Art still, aber dann waren die Sirenen zu hören. Die Bomber waren dann kurze Zeit später über ihren Köpfen vorbei geflogen und hatten die Stadt in Schutt und Asche verwandelt. Dieses Zischen und das Knallen – unerträglich!

Endlich haben sie den Platz der Luftbrücke erreicht.

"Sieh mal, Lena, ein Schild! Hier den Columbiadamm runter Richtung Neukölln. Dann kann es ja nicht mehr so weit sein."

Ein kleiner Schimmer Hoffnung macht sich bei Jacob bemerkbar. Er beschleunigt seinen Gang, aber Lena lässt sich nur schwer mitziehen.
"Ich kann nicht mehr! Ich will nicht weiter. In Neukölln ist es bestimmt ätzend. Wir können doch hier auf Mammi warten."
Jacob bleibt stehen.
"Lena, Herzchen. Wir müssen weiter. Der Regen wird immer doller und hier findet uns Maria doch nie! Und schau mal, da hinten wird es auch heller!"
Langsam gehen sie weiter. Als sie am Flughafengelände entlang gehen, hören sie Sirenen und laute Lautsprecherdurchsagen. Nach einer Weile können sie das Gelände sehen. Die Flughafenbeleuchtung ist nicht so hell wie sonst, aber es reicht aus, um das Wrack einer kleinen Düsenmaschine zu sehen. An vielen Stellen brennen Teile und einige Lampen sowie kleine Fahrzeuge sind umgerissen worden. Es bietet sich ihnen ein schreckliches Bild. Einzelne Männer rennen umher und holen Körper aus dem Flugzeug. Andere versuchen die Feuerherde zu löschen.
Jacob umfasst fest Lenas Hand.
"Komm, Lena, schau in die andere Richtung!"
Erneut beschleunigt er seine Schritte. Seine Stimme beginnt stärker zu zittern und er merkt, wie sein Herz schneller zu schlagen anfängt.
Nur keine Panik, denkt er. Besorgt schaut er auf die kleine Gestalt neben ihm.
"Hör mal, Lena. Kannst du dich noch an letzten Sommer erinnern? Unser kleines Boot steht noch immer im Schuppen, wenn du das nächste Mal zu mir kommst, können wir wieder eine kleine Bootstour machen. Das macht doch Spaß!"
Lena schaut zu ihm.
"Ja, können wir dann wieder angeln?"

Jacob beginnt weiter zu reden. Nur nicht aufhören, denkt er. Ich muss sie von all dem Elend hier ablenken. Je mehr er erzählt, desto mehr entspannt er sich auch. Während die beiden über ihre letzten Ausflüge und die besten Angeltechniken reden, gehen sie weiter den Columbiadamm runter. Hinter ihnen hören sie immer noch die Sirenen. Vor ihnen wird es auch immer lauter und es sind auch verstärkt Knaller und Leuchtraketen zu sehen.

"Ich glaube, wir sind gleich da, oder?"

Kaum hat Jacob es ausgesprochen, zuckt Lena auch schon zusammen.

"Ich weiß gar nicht mehr, wo wir sind? Aber Mammis Krankenhaus ist hier nicht."

Sie fängt an zu weinen. Jacob bleibt verwirrt stehen.

"Nun sei doch mal still. Wo müssen wir denn hin?"

Lenas weinen wird immer stärker.

"Ich will zu Mammi."

Jacob beugt sich zu Lena runter und mit bebender Stimmer versucht er, sie zu beruhigen.

"Lena, wir sind gleich da. Glaub mir doch."

Aber auch er hat seine Zuversicht verloren. Seine Kräfte lassen nach und vor Erschöpfung kann er kaum noch atmen.

"Ich habe doch nicht gewusst, dass die Bahn nicht mehr fährt! Wer hätte denn das wissen können? Ich wäre doch nie so losgegangen."

Der Gedanke, dass er Lena in diese Situation gebracht hatte und jetzt nicht mehr weiter weiß, lässt ihn nicht mehr los.

"Ich wollte dir doch nur helfen! Ich wollte uns zu Maria bringen. Warum mache ich nur alles falsch?"

Resigniert und völlig hoffnungslos laufen ihm die Tränen die Wangen runter. Immer wieder fragt er sich, warum bin ich nur los gegangen, ohne mich hier in Berlin auszukennen? Wie soll es nur weitergehen?

Jacobs Gedanken überschlagen sich. Oh Gott, hilf mir!
Ich kann nicht mehr weiter. Langsam sackt er zusammen und sinkt auf den Fußweg. Neben ihn lässt sich auch Lena auf den Boden fallen.
Zusammengekauert sitzen sie einige Minuten still vor sich hin weinend da.
"Mir ist kalt!"
Lena jammer nur noch und zittert immer stärker. Jacob legt einen Arm um ihre Schultern.
"Es tut mir leid, mein Kind, das habe ich nicht gewollt."
Er kann kaum noch atmen und seine Verzweiflung wird immer stärker.
Plötzlich hören beide lautes Geschrei! Sie drehen sich um und versuchen die Geräusche besser zu verstehen. Aus der nächsten Querstraße kommen mehrere Männer mit großen Kartons gelaufen. Jacob fängt an, sich zu bewegen, und versucht aufzustehen.
"Komm, Lena, wir müssen weiter. Ich glaube, es gibt hier Ärger."
Lena blickt unschlüssig hoch, gibt aber nach und steht auch langsam auf. Beide überqueren schnell die Straße und gehen eng an der Häuserwand entlang weiter. Einzelne Feuerwehrautos brausen an ihnen vorbei. Die Spannung auf der Straße nimmt zu. Sie gehen an einigen geplünderten Geschäften vorbei. Mehrmals müssen sie die Straßenseite wechseln, aus Angst vor lauten und aggressiv wirkenden Gruppen von Jugendlichen. Als sie in die Hermannstraße einbiegen, hören sie aus der Ferne Tumulte und sehen eine große Menge von Leuten.
"Lena, ich denke, wir sollte schon hier abbiegen. Da hinten scheint es auch schrecklich zu werden."
Jacobs Stimme wirkt eher teilnahmslos. Lena geht leicht apathisch neben ihm her. Manchmal gibt sie einen Seufzer von sich oder deutet in eine Richtung.

"Opi, da hinten ist das KaDeHe. Da müssen wir dann rechts."

Jacob bleibt stehen.

"Überleg mal. Wenn wir schon hier rechts abbiegen?"

Lena nickt kurz mit dem Kopf. Beide sprechen nur noch in abgehackten Sätzen. Ihre Bewegungen sind mechanisch und bei jedem lauten Geräusch schrecken sie zusammen. Jacob muss sich immer öfter gegen eine Hauswand lehnen, um wieder Kräfte zu sammeln.

Jacob kann nur noch an Maria und das Krankenhaus denken. Mehr zu sich selbst flüstert er:

"Wir sind doch gleich da. Ist ja schon Neukölln."

***

„Oh nein, das kann einfach nicht sein!" schreit Mishel hysterisch und rennt auf das Feuer zu.

„Bleib hier!" brüllt Paul hinterher.

Schon sind die Sirenen der Feuerwehr zu hören. Aber sie kommen wegen der Menschenmassen mit ihren Löschfahrzeugen nicht nahe genug dran.

„Die Hauptstadtbibliothek! Die ganzen wertvollen, alten Bücher! Warum tut denn niemand was?"

Die Feuerwehrwagen kommen nicht weiter. Sie haben die Schläuche des ersten Wagens ausgerollt und versuchen nun, mit dem Wasser die Menge auseinander zu treiben. Als dies gelingt, fahren die Wagen vor die Haubi. Mishel und Paul stehen völlig durchnäßt einige Meter entfernt. Menschen liegen auf der Straße, die von den Feuerwehrmänner einfach zur Seite geschliffen werden.

„Gehen Sie zur Seite! Machen Sie Platz! Gehen Sie weiter!" brüllt ein Feuerwehrmann durch ein Megafon.

Wenigstens funktioniert das noch, denkt Mishel etwas beruhigter.

***

Sie fahren die Hasenheide entlang und der Regen prasselt ihnen ins Gesicht.

„Mistwetter", schimpft Phil vor sich hin.

Plötzlich hat Phil das Gefühl, dass ihr Rad zittert.

„Bist du sicher, dass du die Schrauben auch wirklich richtig angezogen hast?" fragt sie Bill.

„Ja, bin ich. Zittert deins auch so? Ich glaube, da stimmt irgendwas nicht", gibt Bill zurück.

Sie steigen vorsichtshalber von den Rädern ab. Auch andere Leute bleiben irritiert stehen.

„Verdammt, die Erde zittert", ruft Bill. „Aber wir leben doch hier überhaupt nicht im Erdbebengebiet. Das kann doch nicht sein."

„Du weißt doch, eine Katastrophe kommt selten allein", schreit Phil. „Lass uns auf jeden Fall weiterfahren. Ich will nicht hier am Südstern von der Kirche erschlagen werden!"

Schnell steigen sie wieder auf die Räder. Das Grollen und Zittern wird immer stärker. Kurz vor dem Mehringdamm, steigert sich die Erdbewegung immer mehr. Plötzlich gibt es einen ungeheuren Knall. Mitten auf der Kreuzung schießt eine riesige Wasserfontäne aus dem Asphalt. Ein Auto, das zufällig genau über diesem Punkt stand, wird in die Höhe katapultiert. Es kommt mehrere Meter weiter mit einem lauten Krachen wieder runter.

„Ach, du Scheiße! Was ist denn jetzt los?" ruft Phil aus. „Das muss ein Wasserrohrbruch sein. Das ist doch Anfang des Jahres irgendwo im Osten auch schon mal passiert. Da konnten sie sich noch mit maroden Leitungen rausreden. Mal gespannt, was den Wasserwerken zu diesem Knall hier einfällt."

Völlig fasziniert von den riesigen Wassermengen, die sich hier in dieser unglaublichen Fontäne auf die Straße ergießen, bleiben die beiden noch einen Moment stehen und betrachten dieses Schauspiel.

„Hier kommen wir auf jeden Fall nicht weiter. Da hätten wir besser noch ein Schlauchboot mitgehen lassen", flucht Phil. „Komm, lass uns über die Bergmannstraße fahren. Die müsste ein bisschen höher liegen und das Wasser dürfte dort so schnell nicht hinkommen. Wenn wir noch länger hier bleiben, können wir auf jeden Fall schwimmen, so schnell wie das Wasser steigt."

„Ja, okay", stimmt Bill zu. „Zum Schwimmen ist mir auch ein wenig zu kalt, obwohl ich eigentlich schon nass genug bin."

Sie drehen ihre Räder um und strampeln weg von den Fluten. Überall sind Menschen auf den Straßen, die den Knall gehört haben, aber sich noch nicht erklären können, woher dieser kam.

„Ist irgendwas explodiert?"

„Was war das?"

„... ist ein U-Bahn-Schacht eingebrochen."

Im Vorbeifahren hören sie nur Satzfetzen. Sie kommen jetzt wieder langsamer voran, da die Straße voller Menschen ist, die hin- und herrennen, um eine Lösung für dieses Rätsel zu finden. Mit ihren Rädern müssen sie aufpassen, dass sie die Leute nicht überfahren.

„Au, Scheiße", schreit Bill, als ihn ein Typ derart hart anrempelt, dass sie beide über ihr Fahrrad fallen.

„Pass doch auf, du dumme Nuss", brüllt der Typ ihn an.

„Pass du doch auf, du blöder Penner. Und steh gefälligst von meinem Rad auf", brüllt Bill wütend zurück.

Der Typ ist auf Grund seines Tons so verdattert, dass er sofort aufspringt und weggeht.

„Bist du verletzt?" fragt Phil besorgt.

„Nein, es geht schon", erwidert Bill und steigt wieder auf sein Rad auf.

***

„Wasser marsch! Drehleitern ausfahren! Los, los –
macht schon. Was ist denn?!"
Die Stimme verstummt. Kein Tropfen Wasser kommt
aus den Schläuchen. Keinen Millimeter bewegen sich
die Drehleitern. Völlig unkoordiniert laufen die Feuerwehrmänner durcheinander. Einige blicken ratlos auf
die brennende Bibliothek. Sich gegenseitig übertönend
werden Befehle durch Megafone gebellt. Ein Feuerwehrmann lässt sich an dem Löschfahrzeug niedersin-
ken. Erschöpft legt er den Kopf in die Hände.
„Sie lassen sie abbrennen", jammert Mishel. „Wir
können doch eh nix tun. Komm weiter, es wird hier
verdammt heiß. Lass es uns durch eine der Seitenstra-
ßen probieren, vielleicht geht das besser!" komman-
diert Paul und zieht Mishel mit sich.
Mittlerweile sind beide klatschnass, haben Ruß im
Gesicht und ihre Kleidung ist völlig verdreckt und
zerrissen.

***

In der allgemeinen Hektik schafft es Maria. sich abzu-
setzen. Sie geht erst mal in den Aufenthaltsraum. Hier
setzt sie sich hin, trinkt einen Kaffe und versucht ihre
Gedanken zu ordnen: Also, über die Hälfte der Kran-
kenhausgeräte ist defekt, der Strom ist ausgefallen,
die Telefonleitung ist tot, das Radio geht nicht mehr
und die Meldungen von den Krankenwagenfahrern sind
sehr beunruhigend.
Auf den Neuköllner Straßen kommen die Krankenwagen kaum noch durch. Die Ampeln funktionieren auch
nicht. Auf den großen Kreuzungen stehen überall Autos rum. Auch haben die Sanis von Plünderungen er-

zählt, von Jugendbanden, die durch die Straßen ziehen.

Was, wenn Jacob und Lena nicht mehr bei den Hoffmanns sind? Oder wenn Jacob auf dem Weg zu den Hoffmanns von einer Jugendbande überfallen wurde? Je mehr Maria überlegt desto nervöser und ängstlicher wird sie. Nein, denkt sie. Ich kann hier nicht einfach rumsitzen. Lena und Jacob sind alles, was ich habe. Ich könnte ohne sie nicht weiterleben.

Aber ich kann hier nicht einfach weg! Was soll ich nur tun? Verzweifelt sieht sie sich im Aufenthaltsraum um. Aber sie ist allein, weder Carolyn noch Kerstin sind zu sehen. Ich kann das nicht entscheiden, oder doch? Maria steht auf und geht aufgeregt im Raum umher. Gerade als sie sich entschließt, ihre Jacke zu nehmen, um nach draußen zu laufen kommt Oberschwester Agate reingestürzt.

"Zwei schwer verletzte Jugendliche! Los, schnell in die Notaufnahme. und wenn Sie auf dem Weg den Hausmeister sehen, schicken Sie ihn runter in den Heizungskeller. Die Heizung scheint defekt zu sein. Es ist verdammt kalt hier. Mein Gott, ist das ein Chaos!!!"

Maria gehorcht und läuft schnell in die Notaufnahme. Der eine blutüberströmte Junge wird bereits von Kerstin versorgt, dem anderen wendet Maria sich zu.

"Maria! Ist das ein Scheiß! Ich werde noch irre! Hast du Carolyn gesehen? Sie hatte also recht. Aber dass es so schlimm wird!"

Kerstin schüttelt entsetzt den Kopf. Maria geht ihr zur Hand und beide arbeiten routiniert ohne viele Worte weiter. Die Verletzungen der Jungen sehen schlimmer aus, als sie tatsachlich sind. Trotzdem dauert es eine ganze Weile, bis alle Wunden behandelt sind.

Während Maria ein Bein verbindet, sagt sie zu

Kerstin: "Sag mal, angenommen, ich würde einfach das Haus verlassen, ... ich meine, ... ich sorge mich so um Jacob und Lena ..."
Kerstin blickt Maria ernst an.
"Maria, du weißt, dass wir dienstverpflichtet sind. Wir können nicht einfach unseren Platz verlassen!"
Maria stehen Tränen in den Augen, sie unterdrückt ein Schluchtzen: "Ja, ich weiß. Glaubst du, mir fällt es leicht. Ich werde hier gebraucht. Aber wer kümmert sich um meine Tochter? Jacob? Ich weiß nicht, wie er reagiert, wenn hier die Katastrophe ausbricht? Mein Vater hat immer gesagt, dass er so was wie den letzten Krieg nicht noch mal überleben würde! Und - als was würdest du das bezeichnen was da draußen abgeht?"
Marias Gesicht ist kreidebleich geworden. Tränen laufen ihr über die Wangen. Kerstin nimmt Maria in die Arme.
"Scheiße, Maria, ich weiß doch auch nicht weiter! Ich meine ja nur, dass es richtig Ärger gibt, wenn du hier abhaust."
Verstohlen wischt Kerstin sich eine Träne weg.
"Ich habe solche Angst. Sie ist doch erst zehn Jahre!"
Marias Schluchzen wird immmer stärker.
"So, nun reiß dich mal zusammen!"
Kerstins Stimme ist nicht halb so stark, wie ihre Worte vermuten lassen.
"Was willst du tun? Durch die Straßen rennen und nach ihnen suchen? Das ist doch Blödsinn!"
Kerstins strenger Tonfall kann Maria etwas wachrütteln. Sie schiebt sich etwas von ihrer Freundin weg, putzt sich die Nase und reibt sich ihr Gesicht trocken.
"
Schweigend arbeiten beide weiter, bis beide Jungen versorgt sind. Danach schieben Maria und Kerstin die zwei in einen umgewandelten Aufenthaltsraum, wo

bereits andere leicht Verletzte untergebracht worden sind. Maria lehnt sich an die Tür und sieht Kerstin an.
"Ich kann einfach nicht hier bleiben! Verstehst du mich?"
Kerstin streicht nervös ihren Kittel glatt. Sie stellt sich dicht neben Maria und sieht sie traurig und resigniert an.
"Komm, lass uns erst mal was trinken und in Ruhe überlegen was wir tun können!"
Maria dreht sich wütend um und schreit :"Du weiß ja nicht was es heißt, ein Kind zu haben! Von wegen in Ruhe nachdenken! Dann ist alles zu spät!"
Sie rennt den Gang runter. Kerstin läuft hinter ihr her und versucht sie in eine kleine Kammer zu drängen.
"Nein! Lass mich los!"
Marias Stimme ist angstverzerrt. Sie schlägt wild um sich und schubst Kerstin gegen die Kammertür.
Kerstin schreit vor Schmerzen auf.
"Au. Bist du irre! Komm doch zu dir!"
Aber Maria steht nur keuchend vor ihr. Mit weit aufgerissenen Augen starrt sie Kerstin an.
"Dann melde mich doch Agate!"
Kerstin fängt an zu schluchzen: "Darum geht's doch gar nicht! Scheiße, ich will doch nicht, dass dir was passiert!"
Maria reagiert nicht, sondern fixiert Kerstin nur weiter mit ihrem gehetzten Blick. Wie ein gejagtes Raubtier sucht sie mit ihren Augen den Gang ab, dreht sich immer wieder hektisch um und stürzt dann plötzlich los. Kerstin bleibt völlig verdutzt an der Tür stehen. Sie sieht gerade noch, wie Maria sich im Laufen einen Mantel von einer Krankenliege nimmt. Danach rempelt sie zwei leicht verletzte Frauen an und stürmt in einem panischen Tempo Richtung Ausgang.

***

Endlich sind sie am Kreuzberg angelangt.

„Wir haben völlig vergessen, auch noch ein paar Schlösser für die Räder zu besorgen", runzelt Bill die Stirn. „Wenn wir die hier stehen lassen, sind wir sie so schnell wieder los, wie wir sie bekommen haben."

„Und wie kommen wir dann wieder zurück?" fragt Phil besorgt.

Sie verstecken die Räder hinter einer Hecke am Ende des Wasserfalls und gehen die höchste natürliche Erhebung Berlins zu Fuß hoch. Es kommen ihnen viele Leute entgegen und sie schnappen immer wieder ein paar Gesprächsfetzen auf.

„Hast du gesehen, dass es dort hinten auch brennt?"

„Die ganze Stadt ist dunkel."

„Was ist denn nur passiert?"

„Das ist ja ein tolles Silvester."

„Lass mich bloß in Ruhe mit dem Quatsch", streitet ein Pärchen.

Endlich sind sie oben.

„Es ist gar nicht so voll, wie ich es erwartet habe", schnauft Phil, deren Lunge vom vielen Rauchen den Aufstieg nicht so gut mitmacht.

„Aber hübsch einsam und romantisch ist es auch nicht gerade", erwidert Bill und legt dabei seine Hand auf Phils Hintern.

„Hey, solche Intimitäten sollten wir uns für Nach-Katastrophen-Zeiten aufsparen, Billi. Aber ich hätte schon mehr Menschen hier erwartet. Ich meine, das ist doch eine wirklich besondere Nacht. Sind die denn alle schon wieder nach Hause gegangen?"

„Beruhige dich doch", redet ein Mann auf eine weinende Frau ein. „Wir gehen ja jetzt nach Hause. Den Kindern wird schon nichts passiert sein. Und schließlich ist doch deine Schwester bei ihnen. Also komm jetzt."

„Ick hab's jewusst", tönt es aus einer anderen Ecke.
„Die schaffen det nie, det wei tu käi-Problem innen
Griff zu kriejen. Aber uff mir wollte ja keener hörn.
Ick sach det schon det janze Jahr und keener will mir
globen. Die denken, nur weil ick 'n Penner bin, hätt
ick keene Ahnung von nischt. Na ja, wat soll's. Ick
hab wenichstens nischt zu verliern, wa?!"
„Der scheint ja ziemlich breit zu sein. Aber so ganz
Unrecht hat er trotzdem nicht", kommentiert Bill.
Als die beiden endlich beim Denkmal ankommen, kön-
nen sie ihre Freunde nicht finden.
„Die scheinen schon wieder weg zu sein. Oder viel-
leicht waren sie auch gar nicht erst hier", spekuliert
Bill.
„Du meine Güte", erschauert Phil. „Sieh dir das mal
an. Überall in der Stadt brennen Häuser. Und diese
ganze Wasserfontäne! Es kann doch nicht sein, dass
Feuerwehr und Polizei so schlecht auf diese Nacht
vorbereitet waren. Hat denen denn niemand mitgeteilt,
dass es tatsächlich zu einer Katastrophe kommen
kann!"
„Dort drüben müsste das Brandenburger Tor sein."
Phil zeigt mit ausgestrecktem Arm in Richtung Nor-
den.
„Da brennt auch was. Vielleicht hat ja jemand das
Hotel abgefackelt."
„Nein", erwidert Bill. „Das sieht eher nach Uni aus.
Und so lichterloh wie das brennt, könnte es sogar die
Haubi sein. Alte Bücher, das brennt doch wie Zunder.
Zum Glück sind wir beide heute Nacht nicht dort."
Er zieht Phil noch näher an sich heran und küsst sie
beruhigend auf die nasse Wange.
„Hätten wir etwas tun können, um die Katastrophe zu
verhindern?" fragt Phil verzweifelt.
„Dafür ist es jetzt zu spät", gibt Bill resigniert zurück.

Eng aneinandergedrängt stehen die beiden am Fuß des Denkmals und blicken über die Stadt.

***

Jacob und Lena biegen bereits völlig erschöpft in die Karl-Marx-Straße ein. Lena ist mittlerweile kreidebleich. Ihre Lippen sind blau und zittern. Sie geht wie in Trance und reagiert nicht mehr auf Jacobs unzusammenhängendes Gemurmel. Jacob greif sich ständig ans Herz, er kann nur noch mühsam atmen. Seine Gedanken wirbeln wie wild durcheinander. Bei jedem lauten Geräusch zuckt er zusammen, stolpert, fängt sich nur mit Mühe und schleppt sich und Lena weiter.
"Gleich sind wir da und dann sehen wir Maria! Glaub mir, Kleines, gleich wird alles gut!"
Endlich sehen sie den immerhin spärlich erleuchteten Krankenhauseingang.
"Oh Gott, wir haben es geschafft."
Tränen laufen Jacob über die Wangen.
"Schau, Lena!"
Leicht schüttelt er Lena an der Schulter. Aber keine Reaktion
"Lena, sag doch was! Wir sind da!"
Mit letzter Kraft zieht er Lena die letzten Meter zum Eingang. Als sie schließlich den Eingang erreichen, bleiben beide erst mal unschlüssig stehen. Was für ein wildes Durcheinander! Überall sind Krankenliegen aufgestellt. Schwestern und Sanitäter laufen zwischen Verletzten und hysterischen Angehörigen eilig herum.
Jacob spricht den ersten an: "Wo ist Maria! Schwester Maria, wo finde ich denn meine Tochter?"
Der Sani sieht ihn nur kurz an, schüttelt den Kopf und weist in Richtung Pförtner. Jacob schleppt sich mühsam weiter und zieht Lena hinter sich her.
"Sie ist bestimmt ganz in der Nähe."

Langsam wanken sie durch das Gedränge auf einen der Gänge zu. Völlig erschöpft lehnt sich Jacob an die Wand und zieht Lena an sich. Beide blicken Hilfe suchend den Gang runter. Nach einiger Zeit kommt Kerstin zwischen all den Menschen schnell auf sie zugerannt. Überrascht bleibt sie vor ihnen stehen.
"Oh je! Wo kommt ihr beide denn jetzt her? Wie geht es euch? Alles okay? Herr Onken können Sie noch stehen? Ich hole sofort eine Liege."
Jacobs Stimme ist nur noch ein Flüstern.
"Wo ist Maria?"
Auch Lena sieht Kerstin verzweifelt an: "Ich will zu meiner Mammi! Bitte:"
Verstört sieht Kerstin die beiden an.
"Maria hat vor 20 Minuten das Krankenhaus verlassen. Sie wollte zu euch nach Friedenau! Ich konnte sie leider nicht mehr aufhalten."
Jacob und Lena starren Kerstin ungläubig an. Jacob presst mit letzter Kraft hervor: "Nein! Das kann nicht wahr sein! Alles umsonst! Wo ist sie?"
Er fängt wieder an zu zittern, seine Gesicht verzerrt sich vor Schmerzen. Mit einem lauten Stöhnen sackt er in sich zusammen und rutscht langsam an der Wand runter. Lena schüttelt weinend ihren Kopf hin und her und fällt schließlich schluchzend neben Jacob auf den Boden.

***

Mishel und Paul laufen zwischen Haubi und Humboldt-Uni die Straße lang. Auch hier sind viele Menschen, die panisch durcheinander rennen. Als vor ihnen jemand stürzt, fällt Paul drüber. Mishel kann sich gerade noch fangen und versucht, Paul auf die Beine zu helfen. Sie humpeln gerade an den Straßenrand, als sie angerempelt werden.

„Aus dem Weg, du Niete!" brüllt jemand und schleudert Paul seine Bierflasche an den Kopf.

Die Flasche zersplittert an Pauls Kopf und hinterlässt eine tiefe, blutende Wunde auf der Stirn. Sie schaffen es gerade noch in die nächste Einfahrt, als Paul zusammenbricht. Dort liegt schon jemand schwer atmend und stöhnend. Mishel lehnt Paul an die Wand und sieht sich nach einem Sanitäter um. Weiter vorne an der nächsten Straßenecke entdeckt sie einen Unfallwagen.

„Ich bin sofort wieder da", sagt sie und rennt los.

In dem Notfallwagen sitzt ein Sanitäter am Steuer.

„Helfen Sie mir! Mein Mann ist verletzt! Er blutet am Kopf! Kommen Sie schnell, es ist gleich da vorne", redet Mishel auf den Mann ein.

„Das hat doch alles keinen Sinn. Ist er tot? Lebt er noch? Ist er bei Bewusstsein?" erwidert der Sanitäter müde.

„Natürlich lebt er noch, aber kann jeden Moment ohnmächtig werden" kreischt Mishel.

„Na, dann ist's ja nicht so schlimm" sagt er und dreht sich weg.

„Sind Sie irre! ER IST VERLETZT!" schreit Mishel, „wir brauchen Ihre Hilfe!"

„Sehen Sie sich doch mal um. Hier sind lauter Verletzte!"

Und in der Tat entdeckt Mishel ein lange Reihe von Menschen, die im Vorgarten der Humboldt-Uni auf dem Rasen liegen, aber keinen Sanitäter.

„Wo ist Ihr Kollege?" fragt Mishel.

„Er ist eine sie und abgehauen. Ihre Familie suchen. Als wenn das Sinn machen würde", kommt die brummende Antwort.

„Dann geben Sie mir wenigstens Verbandszeug. Ich habe mal einen Erste-Hilfe-Kurs gemacht", verlangt Mishel.

„Machen Sie Witze? Es ist nichts mehr da. Alles ver-
braucht oder gestohlen. Sie müssen sich schon selbst
helfen."

Damit dreht er sich endgültig weg und geht die Straße
entlang.

„Ich glaub das nicht! Nein, nein, nein" jammert
Mishel als sie den Krankenwagen – oder das, was davon übriggeblieben ist - durchstöbert. Nichts, nicht
mal ein Heftpflaster ist zu finden. Weinend und mit
hängendem Kopf geht sie zu der Einfahrt zurück, wo
Paul jetzt tatsächlich ohnmächtig liegt. Sie setzt sich
zu ihm und legt seinen Kopf in ihren Schoß. Aus der
Jackentasche kramt sie ein zerknülltes Taschentuch
hervor. Vorsichtig wischt sie damit sein Gesicht ab.
Tränen laufen ihr über die Wangen.

„Du Blödian", schluchzt sie zärtlich „hättest du doch
bloß auf mich gehört."

Epilog

Zeitungs-Headline
02. Januar 2000

Südwestdeutsche Zeitung:
Entwarnung: Geringe Strahlendosis bedeutet keine
Gefahr für die Bevölkerung

Hamburger Morgenblatt:
Tausende starben in den Fluten der Elbe

Bonner Rundschau:
Langer Eugen von Flugzeug zerstört

Münchener Mittagszeitung:
Münchener Innenstadt versinkt im Bürgerkrieg –
Bundesgrenzschutz machtlos

Kölner Merkur:
Mitternachtsmese: Dom geht in Flammen auf

Frankfurter Zeitung:
Millionenverlust durch Überfall auf Bundesbank

Nordküstenkurier:
Ölpest durch Tankerkollisionen

Blick:
Wer ist verantwortlich? Schröder nimm den Hut!

Dresdner Express:
Was geschah in dieser Nacht wirklich? Das neue
Jahrtausend beginnt mit einer weltweiten Katastrophe

Neues Ostdeutschland:
Unter Honni wäre das nicht passiert!

Nachwort

Kay Bex ist ein Pseudonym, das wir gewählt haben, um als eine Autorin aufzutreten.

Wir, das sind Birgit Dörr, Christa Saffrahn und Gabriele Schambach. Wir leben in Berlin, sind diplomierte Politologinnen und haben ein Faible für Krimis und Thriller.

Wie an dieser Stelle üblich, möchten wir uns bei allen bedanken, die uns geholfen und unterstützt haben.

Die verwendeten Informationen zum Y2K sind fundiert und lassen sich im Internet nachlesen unter „Y2K", „Millennium" und „Jahrtausend".
Beschriebene Ereignisse und Personen hingegen sind frei erfunden. Ähnlichkeitn sind rein zufällig und nicht beabsichtigt.

Das Titelbild stammt von dem Grafiker Carsten Dörr.